星之森

◆ Eckes 著 ◆

目次

一

所有的過去編織了現在的我。

原本鬆散的細沙慢慢累積著，累積出某些東西，我叫不出名字的那些東西。

然而，在沉沉的沙堆中所浮現出的樣貌是如此陌生，理應是證明我過去存在的證據，卻逐漸地讓我不再回頭凝望。

＊＊＊＊＊＊＊＊＊＊＊

獨自穿越著森林，應該已經正中午了吧，頭頂上的烈日一刻不喘息地緩緩包覆著這片大地。野生動物們覓食的覓食、找尋水源的找尋水源，「彼此間沒有溝通倒也無妨，目的性一致就好」的感覺傳達了過來。

再過不久應該能看到都市，或至少村落也好，這樣才不至於太絕望。想著想著，步伐逐漸輕盈起來，越過森林後，多少能看到一點建築物的念頭也隨之萌生——樹林、花草、平原等，只要是綠色的都看膩了。一邊小跑步一邊注視著遠方，原本就已經乾渴的喉嚨加上因為跑步造成的急促呼吸，當意識到時，喉嚨的乾涸已經到了極限。

「真是渴到不行。」一暗自想著卻不小心說了出來。希望都賭在一片燈火上。

然而又是一座森林，還比之前的都來得寬大而遼闊，簡直像一座城市，像城市的樹林。那林子裡頭的深邃給人一種只要踏進去便會被吞噬，錯覺一般的黑。彷彿要模擬城市通關口似的，森林入口處百花綻放。周遭都是簇簇百合，實在不像自然而生。一走近百合花香便侵襲而來，像正一步步踏進陷阱的預兆。仔細查看四周，確認了這裡沒有住人的痕跡後，即使絕望，也只能往森林裡頭前行。

誰不是持續被希望折磨而又屢次地被那該死的現實反覆咀嚼著呢？歷經幾次失敗，便又浴火重生幾次。

設計了滿滿陷阱的這片森林正等候著餘興節目。大家是不是都有類似的經驗呢？明擺著的危險在眼前腳步仍踏入那絢麗的螺旋空洞中。

就像飛蛾撲火那樣。

也許沒了選擇、也許走投無路、也許身體正渴望那種體驗。對於喜好刺激的人來說那種被粉碎的感覺正是長年來所尋求的享受也不一定。但現在的感覺很不一樣，那不是那樣子的存在，似乎是更高的境界。

邁步在林子間，有一種說不上的弔詭感。是被注視著，被深深地注視著，甚至可以說是被死盯著。周遭只聽得見些許生物的步伐聲，偶爾傳來吼叫聲，究竟是什麼樣的生物也不清楚，沒多久連一點聲音都不再發出。

然而那緊迫的視線仍在，靜悄悄地躲在肉眼所看不見的地方投射那惡意的目光。

駭人的寂靜戰勝了情緒，緊張感頓時油然而生，必須盡快將這怪異感消除。於是便盯了回去，凝視著黑暗處，像要看透那最深層的黑暗般狠狠地盯著，異想天開地想透過這個方法來消除緊張。然而壓力就像看不見的牆壁從四方壓縮著身體，全身各處無不顫抖，冷汗直冒。

什麼都沒有，什麼反應都沒有，就像在唱獨角戲一般孤獨，抑或是一飾兩角，一人演被注視的、另一人則扮演在黑暗中注視著的角色。這樣的沉默是如此偌大，壓得令人喘不過去。

這時突然聽見潺潺流水聲，眼前黑暗像霧般散去。壓縮的牆壁也在瞬間化解。明明溪邊就在附近卻在這一刻才意識到。或許因為注視者已經移開了視線，那投射出的壓力不再包覆著，才能夠讓清脆的水聲從空氣中的小縫隙竄入雙耳。

身體發出警訊，急切求尋著水聲源頭。正想動身卻感到一陣頭昏，方向感已全然盡失，更不用說保持理智是多麼困難的一件事。在原地滯留了一會後持續著呼吸及吐氣，慢慢得將感官尋回。雖然已經汗流浹背，但還有一絲力氣能夠判別方向。踏著笨重的步伐往溪水聲的源頭走了不知道多遠後，果然有一處瀑布小溪。

此時想著，這時候的理智到底是在怎麼樣的狀態呢？身體在短時間內所遭受到的奇怪對待會不會讓大腦皮層內控管理性的部分變得神經質了起來，希望不要，那可能太歇斯底里了。

不過事實是這樣：拔腿狂奔地撲向溪邊，不知道是白還是灰色的短上衣，在一片汗水淋漓下抹著地上的青草及泥土。也不管水質如何，雙手捧起第一口水先爽快地暢飲，生存的欲望駕馭了理性，緊接著第二、三口。若沒經歷過這種事，也不會覺得水是如此美味。再來捧起第四口往臉上一潑，洗了臉。最後乾脆整個人跳入溪水，任水漂泊。

果然變得相當神經質，欲望的本能很快的駕馭了身體。一邊羞愧著卻又享受著溪水的沁涼。

不知道現在幾點了。但就水溫來看應該已經下午了吧？若正中午應該會帶有一點溫度。不過這是在森林深處，用溫度來衡量可能不夠準確。時間已經不具有任何意義、太陽多大沒意義、溪水多涼沒意義、有沒有出口沒意義、有沒有城市也沒意義了、或許連活著也早就沒意義了。

像個憂鬱青年自以為是地發表著意義論。

過了多久了呢？這麼想時睜開眼，一張張動物的臉就這麼在眼前。

二

「他還活著。」首先熊開口說話了。

「我還以為是新品種的鮭魚呢。」另一隻聲音比較高——可能是母熊的熊接著說。啪塌啪塌的翅膀聲傳入耳中（雖然一半的耳朵泡在水裡，但還是聽得到）。

「妮可，這怎麼看都是人類啊。」鸚鵡道。

隨後牠們一熊抓住我左肩，另一熊則抓住右肩，將我拖離溪水，放置在河岸旁。溪水好涼。

「果然還是要讓獅子看看吧？」

「不對，應該是虎。」

「獅子還是應該統治森林的，所以得先讓獅子看才對。」

「嘿，別忘了，虎已經贏了戰爭。」

其中一隻熊和鸚鵡吵了起來，另一隻熊則在一旁心不在焉地看著牠們爭辯並不時往我這兒看。

對，我，我終於意識到我自己。

在前面那段時間我已經忘記何為「我」，連「我」這個字眼都想不起來，究竟在這幾片森林中奪走了「我」什麼東西，導致連「我」這個概念都遺忘了呢？我清楚我是誰、住哪裡、幾歲、愛吃什麼、討厭吃什麼、第一次性經驗和誰，但卻在先前遺忘了「我」本身的存在。但我想現在最重要的是眼前出現了幾隻會說話的動物。那是什麼語言呢？我聽不出來但我卻能理解這語言。

我試著開口看看。

「那個……」我的聲音既顫抖又有點破音，就像殘破的鐵皮屋般，這麼久沒說過話有點不大習慣。

「你什麼都不用說。」鸚鵡抬起一隻翅膀道，看來語言能通。「你應該很震驚為何我們能說話吧？」

我無法出聲應答，倒不是因為太累或嘴巴還不習慣開口，而是因為鸚鵡如心靈感應般讀到了我的思維，導致一時之間我無言以對。

「像你這樣的人類大概十年一位，會迷失到這裡。你不必訝異，很快會讓你明白，只要先讓你見見虎。」

「獅子，是獅子。」

和鸚鵡對峙的熊表情雖冷淡，但步步往鸚鵡的方向趨近。從聲音來聽應該是公熊。公熊揮起熊爪來，動作有點像是警告的意味。原本看著我、被稱呼為妮可的母熊（應該是母的吧）突然起了身，表情有點僵硬地和公熊圍起鸚鵡來。「佛洛可，不好意思，我也認為該帶他去見獅子。」

佛洛可見情況不對勁，展翅飛離牠們之間並在枝頭上降落，隨後大叫一聲：「普朗、開特。」

隨後從林子間的黑暗中浮起四顆圓點，兩隻狼像要狩獵般兇狠地弓起身，一隻往左，另一隻則往右劃了個半圓的路徑，呈現以獵人來說最好的角度怒瞪著熊們。

「虎已經稱霸了森林，這是公認的事情。你們還是執意要讓人類去見獅子嗎？這是違反『森林』的道理，是反叛的行為呢。」佛洛可用有點誇張的口氣，像在宣揚律法一般道。接著狼開口：

「早就沒動物要服侍獅子了，就你們熊，還有龜了吧……嘿嘿。」

「真是自說自話啊。」公熊跳過了狼，瞪向佛洛可。

「那就抱歉了。」佛洛可在一旁隔岸觀火，不知何時開始抽起雪茄。

「叛徒啊。」

「真是可笑。」

兩隻狼毫無預警地奔向熊，以極快的速度跳起來瞄準咽喉的部位欲一口咬下。只見公熊一爪揮下，鮮血濺出的狼就這樣被彈飛到溪水裡。雖然牠拚命地想游回岸邊，但臉上的傷口似乎對牠造成了重創，只能眼睜睜地看著我們這端，身影越來越小。另一隻狼則被母熊甩向樹幹，起身後有點搖搖晃晃，隨後慌張地看向佛洛可。

「普朗、開特！你們這些混蛋，定會讓虎治治你們！」佛洛可匆忙地飛向被沖走的狼，另一隻狼見情況不對，給予公熊一個怒視後，也隨著佛洛可往下游的方向跑去。

這一連串的攻防戰就在短短不到一分鐘內發生，一旁還有那隻可能是叫普朗的狼所濺出的血漬，說實在的我已經搞不清楚是現實還是夢，甚至覺得我可能已經死了。

「你還沒死，只是迷失了。」公熊道。

為什麼這些動物都能看破我的心思？

「我不知道該從何問起。」我只說得出這句話。

如果我沒死，那方才發生的一切到底是惡作劇還是什麼舞台劇之類的嗎？這些動物都是布偶裝，裡頭藏著活生生的人，血也只是道具血漿，可以的話最好這裡是電視台，那最好。

****

睜開眼意識到這是夢，應該是夢。

四周一片漆黑。想起身時被包覆住身體的睡袋卡住，這才發現我躺在尼龍材質的破舊帳篷裡。可能我昏倒了，還是嚇倒了，總之有點偏頭痛。

現在帳篷外頭聲音此起彼落，也許已身在夢寐以求的部落也說不定。

「真是無趣的怪夢。」我喃喃抱怨著打開了帳篷的拉簾，我渴望的文明社會正在外面被日頭曬著。

然而迎接我的卻是一面空曠的草地及一旁平穩流動的河流。我仍在寂靜的森林。

「天哪，怎麼會。」我不禁嘆了一口氣。

「你醒來了嗎？」

我激動地找尋女性聲音的來源，然而眼前只有一頭穿著服裝的熊坐在岸邊看著我。雖然說是熊，但仔細一瞧，臉上倒還有點人類的韻味，可以說是半人半熊嗎？那樣子的錯誤感油然而生，說實在現在的我還真的沒有自信能分辨得那麼肯定。

好吧，那不是夢。事實總是帶了點殘忍的風雪。感覺自己像被捲入了漩渦且事態會步趨嚴重。究竟熊、鸚鵡和狼會說話這件事是否是真實、還是夢也不再有意義了。我到底為何會被困在森林也完全沒頭緒。腦中傳來那隻抽著雪茄的鸚鵡的聲音：「像你這樣的人類大概十年一位，會迷失到這裡。」

牠們說我是迷失，但又從哪裡開始迷失的呢？不經開始懷疑「我」真的是我所認為的「我」嗎？有些問題，是不是不要去追尋答案才好，只要向前看，就可以忽略那些瑣碎事了嗎？

「有哪裡不舒服嗎？」妮可問。

不，沒有，我簡單答覆。

牠也沒說什麼，空氣像凝結一般。

「方便請教名字嗎？」我決定打破沉默，這樣下去事情不會有進展。

「我是妮可。」母熊介紹著自己。我想我處在正大幅偏離的事實。「你看起來很鎮定，一般來說人類都會有些自暴自棄。」妮可的口氣聽起來並非首次接觸人類。

「我只是無力去浪費力氣罷了。」

後方的聲音越來越多，我回頭一看發現有幾隻同樣衣著正常、頗具人類面孔的動物們以觀看奇珍異獸的眼光看向我。有蜥蜴、兔子等等。我一邊想著「你們才奇怪吧？」一邊被那些目光沐浴著。

「我想趕快離開森林，妳知道有什麼方法嗎？」我擠出了一句話作為我在這荒謬世界的正經開場白。

妮可若有所思地起身朝向那些動物的方向走去並大吼著：

「滾開，我們在談正事！」

原來熊是這麼焦躁的動物，現在才知道。

「為什麼？可是我從沒看過人類呢。」「我也是，借看一下嘛。」「小氣。」

在應付完一些抱怨後，妮可走了回來。

「抱歉，他們第一次遇到人類覺得很新鮮，打擾到你了。」

牠似乎也相當有禮貌。

「不會。」我說。

「你方便再說一次你的問題嗎？」

「我想趕快離開森林。」我再重複了一次。

「不容易。」聽聲音是公熊從帳篷後方走了過來。短時間內恐怕沒辦法光憑外表分辨牠們。

「拉爾，我叫拉爾。」說完牠便伸出右手。我握起牠手的同時也感受的爪子的銳利。牠的面孔就像是六〇年代的爵士樂手，那寂靜的氛圍渲染著著空氣。

「你是指我離開森林不容易嗎？」

「不是，是指迷失到這裡很不容易，十年來只會有一位人類會迷失到『森林』，這不是件容易事。對了補充一下，所謂的『森林』並不是指單純大片樹林的生態圈，而是大範圍統稱我們的世界、也就是你現在所處大地的概括性說法。」

必須說，牠有點迂迴了我的問題。

「那離開到底算不算是件難事？」

「這就取決於你。」拉爾用爪子輕微地抓著露出一點的腳。事實上到目前為止看到的每隻動物都有著衣裝。拉爾是穿七分褲，和鞋子之間裸露的小腿部分不時有蒼蠅纏繞，牠似乎為此有點焦慮。

「也許你會選擇繼續迷失，就以往經驗也不是人人都想離開。」拉爾說。

劃破天空的一條持續前行的平行線逐漸分裂成兩條。我不知道這麼拐彎抹角到底有什麼意義，必須盡快接近問題核心，至少得搞清楚原因。

「那為什麼我會迷失？而且還沒有迷失時的記憶？」

「這我就不知道了，一切由『森林』決定。不過在我接觸過的人類裡頭，卻只有你沒有記憶。」

也就是說我因為某個原因成為了最特別的例子，很想繼續問下去，但拉爾阻止了我。

「你先休息吧，待會為你送飯。有什麼問題等屆時往神廟的路上再為你解答也不遲。」

「神廟？」我疑惑地問著拉爾，只見牠轉身要離開，踏出第一步後回頭看向我說道：「你必須去見見獅子。」

說到獅子就讓我想起牠們和鸚鵡一夥的紛爭，從現在所理解的情況來看，所謂「森林」或許正是由老虎及獅子爭奪著王位，抑或是像政黨競爭之類的方式呢？看來短時間內要搞清楚狀況是不太可能了，不過我不太想去深入其中。

「最後可以問個問題嗎？」

「請說。」

「你們都幾歲？」

「四十六歲，你是我遇見的第四位人類。」拉爾說。

「你們的年齡可真難判斷。」我說。緊接著我瞥向妮可。

「我不想告訴你。」妮可說。

簡單吃完點東西後我跟著拉爾牠們一同沿著河岸走。

「拉爾，你是公的吧？」

「是，要給你看雄性特徵嗎？」

「這倒不用。」

原本想問妮可是不是母的，但想想還是算了。

河邊的盡頭有一個我殷殷期盼的部落，唯一的缺點是沒有任何人類，只有動物存在的頗大的部落。但與其說是部落倒像殘破的遺跡。四處皆有碎石和泥沙，不過也沒到寸草不生的地步。

如果我沒記錯，據狼所說，支持獅子的只有熊和烏龜，但這裡的動物卻有數十種以上，狗啊貓啊甚至鱷魚也有，牠們可能穿著時下最流行的服裝行走在路上。

市場裡頭的動物們無不進行著交易、買賣等行為，甚至還有激動地討價還價等爭吵事件發生。我不禁揉了下太陽穴，拍打了下臉頰確認自己是否還在作夢，短短不到一天的時間所收到的訊息量有點超出負荷。

「牠們都是支持獅子的嗎？」

拉爾給了我件紅色破舊披風，並要我盡可能不要讓整個面部露出，牠說這是為了避免騷動。披風上有一點污漬甚至有幾處破洞。

「不一定，所以才要更小心。」拉爾沒看向我，僅看向前方小聲地回覆。

「有些動物其實沒有特別在意政治。」母熊妮可補充一句，並戒備著周遭。牠們兩隻熊一左一右地走在我身旁。

離開市場後，拉爾熟練地帶著我們穿越一個又一個的小巷。途中經過了有點像是貧民窟的地區，孩子們（當然也是動物）雙眼無神地呆坐在門口，當我們進入牠們視線時所轉變的眼神令我永生難忘：那是嫉妒、又或是憎恨。眼睛裡頭產生的漩渦，漩渦的更裡面是空洞，深邃的黑洞。彷彿有多少的絕望化作羽蝶卻無法逃出黑暗。妮可注意到我相當在意那些孩子，便將我一把拉走。

「千萬別可憐他們。」牠的口氣十分冷淡，卻也帶點無奈。

「我不能理解。」

妮可嘆了口氣道：「在你們人類的思維裡頭，動物沒有所謂善與惡，只有生存與廝殺對吧？可惜在『森林』裡，動物是有法律的。你看到的那些孩子有一半以上都做過壞勾當，說不定也曾殺害動物，只是因為他們還年幼，且是可能受到父母或其他動物指使，因此法律從寬處理，將他們流放到這裡。」

「照妳這麼說，牠們其實很危險？雖然這裡人煙罕至，但距離絡繹不絕的市場也不算遠，這樣豈不是充滿風險？」

「不，他們已經失能了。這是現在的王——虎的處理方式。流放是其中一個懲罰，另一個則是奪去他們的心靈。」

「奪去心靈？」

「那是『森林』的魔法，也可以說是魔術。」

「總之算不可思議的能力吧。透過層層暗示去剝奪他們的思考，終日成為廢物。這也是我們不願意讓虎成王的原因。這比死刑還殘忍，死去至少輕鬆許多。剝奪了意念只留下軀殼，待他們完全『淨空』後，再予以虎及王國利用，到底還是抹滅了動物性。」拉爾插入了話題，口吻比先前加重不少。

對於自己剛才的憐憫感到愚蠢，憐憫用在牠們身上顯得輕浮，卻也想不到任何適當的字彙去形容那種處境。我無法體會失去了靈魂、自我，只剩下肉身的感覺，但絕對是充滿了憂傷及悔恨。若是在人類的社會裡頭，即使是罪人，這種強硬的刑罰可能會遭受不少非議。

只是這裡是動物的社會，有「森林」自己的律法。被抽乾意念和冰冷的死屍並無兩樣，或許針對動物的犯罪有其嚇阻效果，但即使對象是尚無自主思考能力的動物幼童也能夠下得了手，可見虎不是什麼仁慈的角色，也難怪拉爾牠們要如此憤慨。

「我想，他應該很寂寞吧。」妮可雖小聲呢喃，但卻清楚地傳入耳邊。

「誰？」我問。

「喂！妮可，別多嘴。」拉爾稍微提高了聲音想阻止妮可繼續說下去，可是妮可不甘示弱地大聲回應：

「明明他跟我們一樣，為什麼是他被奪去心靈？」眼淚從妮可的眼眶緩緩地、沉沉地流出。見狀後拉爾露出複雜的表情。

看來牠們不是過著普通、單純生活的動物。內心顯然有黑霧瀰漫著。或許以前曾發生過什麼，導致牠們的心差點被扭曲了，當然，這只是我的猜測而已。原本想說些什麼，但還是算了。我只想離開「森林」，所以我繼續保持沉默。

牠們不再說話，瀰漫著沉重的氣氛（可不可以顧慮一下我的感受），就這樣穿越被壓迫感籠罩的貧民窟。

氣溫轉涼，應該已經下午了。在不知不覺間也到達了像是邊界的地方。為什麼會說像邊界呢？就是一種沒來由的感覺而已。周遭滿布著樹林，整齊密排著的樹林被好幾道的道路隔開，每條路的寬度都一致，大約一般公路的寬度。旁邊是較為陡峭的山壁，山壁下聚集了不少馬車，像是驛站，似乎動物們要前往其他地區都要在此搭車。仔細一瞧，每隻馬神情不一，有的表情凝重在一旁抽著菸、有的和樂融融地聊天著，不意外地都穿著衣服，很像計程車司機的制服，畫面出奇的不協調。

婆娑的樹葉下長著從未見過的果實，粉紅色，形狀是圓滑一點的三角形。為數不少，讓樹林整體的顏色增添不少繽紛。地上的泥土算柔軟，些許落葉鋪蓋在其上，落葉的顏色已褪得差不多，整體環境可以說是非常適合動植物生存，以人類的角度來看是這樣沒錯。但說來弔詭，這裡沒有任何動物的蹤跡。枝頭上高歌的鳥兒、樹木間奔騰的松鼠之類的都沒有。安靜的一片林子。松鼠現在應該穿著夾克在市場買松果了吧我想。

「我們要搭馬車去神廟，為了見獅子。」拉爾一邊像在找尋著誰，一邊說道。
「獅子啊……」我裝成在思索些什麼的樣子。
「怎麼了嗎？」
「啊，不，沒事，這附近有廁所嗎？應該冒昧請教，動物需要廁所嗎？」
「沒禮貌，我們還是需要廁所的。」妮可不可置信地看向我說道。
「抱歉，我是真心誠意地想知道。」
「就在不遠端，你有沒有看到有煙囪的房子？旁邊有座差不多大小的白色四方建築物，就在裡面。」拉爾指著煙囪冒煙的房子一隅，眼睛仍在找尋什麼。
「速速就回。」
我假裝尿急腳步急促地跑向煙囪房子。回頭注意了一下拉爾牠們，確定視線不在我身上後就繼續往前奔跑。
第六感告訴我別去見獅子，會沒完沒了，一切都會沒完不了。雖然對不起拉爾和妮可，不過現在不行，還不是時候。
到底要跑多遠完全沒有頭緒，總之就跑，無止盡地跑。汗水已經從身體劇烈流出，持續地流失電解質及水分，這才想到多久沒吃過正經的一餐。拉爾先前提供的餐食也只是些五穀麵包，這樣營養不夠，身體也吃不消。果不其然跑沒多久就因為過度的喘氣導致急需換氣而停下了步伐。想擦汗但衣服早已濕成一片。
天氣燥熱、濕度又高，明明不久前還覺得天氣轉涼了。在既濕又熱的情況下黏膩感包覆著全身，汗水持續地從太陽穴滑至鼻翼、一路到嘴巴再沿著脖子沾溼上衣。

到底我在做什麼呢？從來不覺得人生有哪一刻像這樣如此失去方向感。即使一直被給予正確的方向，告訴我該怎麼做，但準星總是自己消失，然後持續迷失在星空下。漫無目的應該是件浪漫又悠閒的選擇，對現在的我來說卻是折磨。沒來由地誤闖進入口，也不知該如何找到出口。

晚霞很短暫，夜幕很快就吞噬了天空。沒做任何準備就在夜晚的森林遊蕩，當想到這件事的時候就覺得自己愚蠢至極。

四周都被黑暗籠罩著，方向感不論是心理上的還是物理上的都全然俱失。連手電筒都沒有，一路摸黑前行。每向前踏一步，右手就先往前伸，確定眼前沒阻礙物後再踏出另一隻腳，只能如此，心裡暗自安慰著自己。不知道兩隻熊是不是氣炸了。我真的迷失，一切都迷失。

我果然在逃避，懼怕著未知的未來，一直以來都逃避著。

「你只是不敢踏出第一步吧？膽小鬼。」躺在我身旁上身赤裸的女子這樣子說。從那之後再也沒見過她。

她不是我，她不知道我的眼中，未來就像是虎視眈眈的野獸，隨時會撲上來。弱小的我們只不過是獵物、是飼料，被一口吞進靜謐的失敗中。因為懼怕失敗，所以也恐懼著未來。我承認自己很可悲，嘴上總是說得容易，卻只會逃避。

右手在黑暗中抓了抓、揮了揮，確定前方仍可行走，已經走了一段時間了，也沒聽到任何聲音，難道拉爾牠們已經放棄我了嗎？我是如此需要信任及溫暖的人嗎？

正當這樣想時後方傳出聲響，是腳步聲，間歇的腳步聲緩緩地接近。

黑暗使任何聲響都能輕易捕捉，失去了視覺卻也讓聽覺更加敏銳。腳步聲停止了。瞬間靜止的黑暗讓冷汗直流。

剛才確實有什麼東西正要靠近這裡。

眼睛即使習慣了黑暗，若沒有任何光線，人類的肉眼就毫無用武之地。然而動物不一樣，在一片漆黑中仍能捕捉獵物的猛獸比比皆是。這樣一想便覺得自己現在的處境如落入虎口般。

「是拉爾嗎？」

黑暗中沒有聲音答話。此時發出地面的摩擦聲，磨牙聲也在此時一併流入雙耳，更不妙的是隱隱約約的野獸低吼聲。

沒有時間確認前方有無障礙物，拖著顫抖的雙腳不顧一切投入深黑之中，拔腿狂奔。嘴巴無意間張開著，似乎發出了慘叫聲，但神經卻沒有及時意識到。後方的聲音不再傳入耳中，其實是無法也無力去確認，只知道不斷地跑、不斷地跑。

若我一開始就和拉爾牠們一起乖乖搭上馬車，或許已經見到獅子討論著離開迷失的方案，也可能什麼都沒發生，繁星下皆有無限可能，卻被我搞砸了。地上的樹根斷裂聲傳進耳裡，這才意識到必須注意一下後方的動靜，但腳的觸感不太對，應該說，沒有觸感。我不知道懸空的感覺，小時候因為害怕，從沒搭過遊樂園的雲霄飛車，或許就像飛機起飛的那一剎那的懸浮感吧？可以清楚感受到右腳踩空，緊接著左腳，整個人瞬間失去平衡往下墜落，身體下意識用右手臂及右胸往下方去緩衝，但落地時的速度比想像的快，也導致墜地時在地上打滾了好多圈。心裡想著要趕快逃跑，否則會被野獸吃掉，只不過身體卻動彈不得，一片黑暗中無法確認傷口。強烈的暈眩感在作祟，意識上也無法接收到疼痛，所有的神經都像罷工般沒有運作。

只有孤獨兩字能形容現在的處境。

一個人悲慘地倒在死氣沉沉的森林，可能就這樣死去，最後成為一具白骨，想著就覺得寂寞。這種死法真的很折騰人。時間也許流動著，卻不能知曉到底過了多久，孤獨正膨脹著。

仍感受不到痛處，沒有痛苦的傷往往下場都是最嚴重的，這種感覺如置身深海一樣，那樣的安靜、那樣的孤獨。追逐著我的野獸去哪了呢？會不會我真的墜落到深淵，連那股惡意都拋棄自己了。

腦中一閃而過的是宇宙，眾多星星快速移動著，像訊號一般，其中一個訊號接近過來，要我接收似地竄進胸口，全身泛起閃爍的光芒後逐漸透明起來。

星星要傳遞什麼訊息，於是漸漸侵襲我的意識，打碎我的思想、靈魂，那些無辜被打碎的碎片如星塵般在宇宙間懸浮著，而我只能眼睜睜看著它們如蒲公英般散去。

「從現在開始，我們將共存。」某個漆黑的房間裡星星這樣跟我說。

殘存的一點點意識（也就是我）擠出一點力氣答覆：「我現在是活著還是死亡？」

「我想是活著吧。」

我盡可能扭動著脖子（雖然我只是如粉塵的意識）環視著周圍，想看清點什麼，但沒用，一片無情的黑。

「存在是從小到大，再從大到小。我們的瞬間就在那一點裡頭。」星星繼續說起。

我完全沒辦法理解漸漸和我融合的光團所說的話。
「我不太懂。」我老實地說。
「我想你會慢慢地體會。」
一下亮一下暗地閃爍著。眼睛不太適應地眨了眨眼。
正想繼續問點什麼時，視野猛然地急速縮小。從宇宙到地球，畫面的流動太快速讓我有點想吐。下一瞬間視野已回到一片漆黑。頭也重重的，不知不覺地陷入沉睡。

****

「蠢蛋。」
是熟悉的聲音。
再度恢復意識睜開眼，又是兩隻熊的臉，這感覺好像之前也經歷過。
小心翼翼地起身後注意一下四周，狹小的正方形空間隨著地面崎嶇而上下晃動著，可以感受到往前的作用力，應該是在車裡頭。路上似乎有大石頭，突然一陣較劇烈的震動，讓整個人稍微懸空再落下，力道不輕且撞擊到右手，這才發現手臂上綁滿了繃帶，感覺胸口應該也有被包紮過，緊接著全身上下的痛楚一湧而上，彷彿說好似地一齊在傷口處灼燒著。半起身的狀態讓肌肉有點負荷不來，和緩地躺下後才慢慢減緩了痛楚。
「哪有人會在接近傍晚時分時，什麼都沒帶就獨自逃往不熟悉的森林還從懸崖上摔下去，幸虧高度不高，只有一些挫傷。」妮可對著我碎碎念，原來是從懸崖摔下去。

「地上的草地減緩了不少力道，你找時間向雜草道謝吧。」拉爾諷刺般地說道。

「抱歉，騙了你們。」我說。

「不是不能理解你想逃跑的原因，但你真的該道歉，我們可是找你找好久。」妮可依然是剝剝逼人的口氣。

「希望你能再多相信我們一點，我們不會傷害你。」拉爾表情柔和地看向我。

「果然以後上廁所還是讓拉爾陪同好了。」妮可露出了扭曲的笑容，可以感受道深埋在表情裡頭的憤怒。

「夜晚的森林時常會有盜伐者，你可能是被他們嚇到了。」

想起昨晚追擊我的野獸，恐懼感至今仍餘悸猶存。

「抱歉，謝謝你們。」我說。「現在是早上嗎？還是其實我昏倒在森林躺了兩、三天？」對於無法掌握時間的無力感在倒臥在森林期間特別顯著，因此我想趕快確認時間，也沒什麼原因。

「已經中午了，我們是在半夜找到奄奄一息的你，幫你做了緊急處置後才上路，畢竟你很重要。」拉爾說。

「重要？」

「我就直說了，你是讓獅子重新登位的關鍵。」

拉爾這句話將我從愧疚的情緒中拉回，對現在的我來說已經是希望的關鍵。

「也是能讓我逃離迷失的方法，對吧？」我問。

「是啊，」拉爾吞了口口水。「我想，是時候跟你說明了，」

「這座森林一直以來有兩位王者在爭奪王位，分別是獅子及虎。他們長年以來不相上下地對抗著，至少有數百年了。獅子及虎都受到了詛咒，不會年老也不會死亡，相對的代價則是無法產下子嗣。於是他們拼了命要鞏固權位，不斷地戰爭、不斷地上位，然後也不斷地輪換權力。沒有動物能去打破這個平衡，因為活過千年的力量只有他們擁有。獅子和虎就像是掌握了『森林』的氣流似地所有力量的變化都能察覺，也都能去操控。唯獨人類的力量他們沒辦法掌握在手。因為那是人類獨有的力量。政治輪替的關鍵其實就在於誰掌握了這股力量。」

「人類的力量？」一下子接受到太多資訊無法一一咀嚼，只好針對越後面出現的疑問提問。

「我之前有跟你說過了吧？每十年會有一位人類迷失。而很不幸的十年前迷失的人類成為了老虎的助力，那力量正是動物們無法取得，而人類獨有的力量。」拉爾說。

此時腦海一閃而過貧民窟的孩子們，拉爾說那是因為虎造成的。

「難道是失能？」

「沒錯，正是那個力量，那位人類在你們的世界似乎是學心理學的。在『森林』中，單純的知識也會有所變化及凝聚。正是那位人類的力量，讓虎在五年前衛冕成功。」拉爾說。

「僅用暗示？」

「只用暗示，讓獅子的士兵失能，也就足夠了。」

確實這種方法有效。

「獅子的幾位將領失去了思考，獅子當下還沒反應過來就中了虎的一刀，雖然不會死，但虎的刀有魔法，讓獅子短時間內能說的話變少，一天只能說三句話。」

「一天只能說三句話？」

「一旦說完一天的限制便無法開口。若在變化萬千的戰場上無法發號司令，軍隊只會兵敗如山倒。獅子自知不利於是退到邊疆，在神廟暫時修養，虎則趁這段期間不斷讓兵力去佔領『森林』各地，讓勢力範圍最終能包圍神廟。」

「何不直接攻打進去然後再囚禁獅子？」

「因為『森林』設下了詛咒，導致獅子及虎的兵力都無法輕易靠近彼此的領域，而每隻動物到一定年紀就得做出抉擇刺青。一旦接近結界，刺青就會燃燒身體，這就是所謂的政治標記。」

「政治標記？」我像讀稿機重複唸了一遍。

「你要怎麼看待所謂的標記都無所謂，總之『森林』有它的法則在，千百年來沒有任何動物質疑。」

「可是不是有動物沒有政治傾向嗎？」我說。

「縱使沒特定傾向還是得被詛咒限制著。」拉爾說。

剛到部落時，不，或許一到「森林」時我就感受到一股弔詭的氣息。現在看來並非錯覺。這些動物們一直以來都被無形的框架限制著，為了爭奪權位、為了幫助虎及獅子，永遠都在惡性循環。即使不想支持誰也需要刺青，被刺青限制的一切到底又為何物？

「我們的世界就是由政治主導一切。感覺很可悲嗎？」妮可說。

「總覺得已經有東西凌駕在政治之上了，我不太會說明。」

「去設想看看，是什麼東西維持著『森林』的發展。」妮可說。
「王位？」
「不對，是你們人類。」妮可看向我。
「每十年會有一位人類迷失，不知道如何的穿梭到『森林』、維繫著『森林』的發展。也就是說，『森林』的興盛反而被我們人類左右了？」
仔細想想，我到底是為何而迷失的呢？我真的是我所認知的那個我嗎？我對自己的自我認同又不幸地陷入死胡同。
不知道是傷口隱隱作痛還是怎樣的，汗水又不斷地從額頭冒出，真的受夠流汗了。
「但是，那是在迷失的人類的政治傾向每十年都不同的情形下。」妮可說道。
「拉爾剛才提到衛冕對吧？」我說。
「沒錯，二十年前迷失的人類在他到『森林』的兩年後被虎拉攏到陣營去，因此虎奪下了當時的王權，也把獅子佔領的領土中的七成奪走。而十年前迷失的人類恰巧也落入虎的陣營裡頭，也就是說虎的王權已經橫跨十年以上了。」妮可表情沉重地說。
「那『森林』怎麼決定由誰贏下戰爭呢？畢竟兩位王都死不了，不是嗎？」
「『森林』會依循自己的法則決定，動物們能從風的流向去感受『森林』的決定，我想這不是你目前該擔心的。」
「所以你們把希望放在我身上。」我說。
「可以這麼說，」拉爾拉開馬車上的窗簾。「我想，虎的手下們應該追蹤我們一段時間了，也許快被發現了。」

「虎的陣營有幽靈，很麻煩。」妮可說。

「幽靈？」總覺得腦袋能接受的事物越來越侷限。

「以做事方式來說，確實是幽靈。」

「但我身上有什麼能力？我到底能幫助你們什麼？」

「這我不知道，但概括來說，力量只是還沒甦醒，而我們要做的就是幫助你喚醒力量，那是你自己都不知道的力量。」

到底我有什麼連自身都不知道的力量呢，我想著。

妮可從身上背著的側背包裡拿吃一包袋子，打開裡頭滿是餅乾。

「要不要吃一點，對你的傷口痊癒多少有幫助。」

我搖搖頭繼續躺著。

緊盯著狹小空間的天花板，嘗試閉起雙眼回想著自己究竟是發生了什麼事才迷失，我相信那是幫助我離開「森林」的唯一方法。

****

不知不覺睡著了。

應該是睡著了吧？半睡半醒間所有事物的真偽都混在一起，彷彿一下子騷動起來、一下子卻又寂靜無比，就像把不同顏色的彈珠混在一起似的，小小的世界產生了混沌、黑煙瀰漫。

手依然感到無力，不論是手腕還是手臂，到底是受了什麼傷也完全沒頭緒。如果只是摔倒頂多擦傷或挫傷，就目前情況來看身體卻像撕裂一般疼痛，傷口處無不像蔓延的火苗逐漸壯大，燃至皮膚、血管、神經到細胞，汗水則從未停止過。

眼前仍是馬車的天花板，連望向其他方位的力氣都缺乏。我後來才知道我正搭著馬車，奇差無比的避震，完全無法和轎車相比，古時候的人都不會暈車嗎？我現在倒是很想吐，口水不受控地從嘴巴流出，但身體卻不像自己的。

此時，我好像又看到星星，在我身體、讓我變透明的星星，訝異的是，它成了我的心臟，在我的左胸跳動著。用肉眼就能清晰看見星星釋放出它的碎片，從心臟部位流竄到全身無數的血管中。

其中一塊碎片和我對話：「我要開始吞噬你。」

面對如此的挑釁宣言，我只能無能為力地回答：

「隨便你。」然後看著它在我的身體四處遊蕩，如無頭蒼蠅般毫無目的，然後被另一個較大的碎片吞噬。被吞沒前那塊碎片向我抗議：

「你應該阻止我。」

「為什麼？你如此信誓旦旦，我又何必阻止你？」我說。

「這不公平。」碎片說。「太不公平了。」

「換我吞噬你。」比較大的碎片於是對著一開始的碎片大吼著，咬著它、撕碎它，連一聲的哭喊都來不及聽見，碎片安靜地繼續在我身體找尋下一個獵物。

＊＊＊＊＊＊＊＊＊＊＊

晃動終於漸緩，直到停止前仍頭暈目眩，這個暈眩感實在太過於真切，所以直到下車仍覺得天旋地轉。

「到神廟了嗎？」我問。

「還沒呢。只是天色漸趨黯淡了，在接近入夜時分的『森林』驅車實在不安全，所以我們決定先在附近的村子留宿一晚。」拉爾說。

「你可別又亂來。」妮可說。

「我才沒那個力氣。」我指著我的繃帶及隱蔽其下的傷口。

仔細一瞧，正中央座落著一座高塔的村子簡直像百年前完工後至今仍無人居住般的廢墟。居民們在一日的結束之際仍忙碌於耕種及雜務，雖然看起來破爛卻又充滿了樸實感。

「你剛才睡得可真熟。」拉爾在我耳邊低聲說著。

「我果然睡著了嗎？」我說。

「而且幽靈還來攻擊過馬車了，你卻聞風不動地昏睡著。」拉爾說。

「幽靈長怎樣？」我問。

「醜陋，非常醜陋，一團黑，你找不到它的眼睛。」拉爾說。「所以總是不知道它的攻擊方向。」

於是我又問了我們是怎麼躲過的。

「就馬車拉快點嘍。」拉爾用不放在眼裡的態度去輕描淡寫剛才的襲擊。不過究竟為何我在完全沒自覺的情況下昏睡呢？

「我應該沒吃妮可的餅乾吧？」我說。

「她趁你嘴巴張開時強塞進你嘴裡。」拉爾仍是一副輕鬆寫意樣。

「婊子！」我狠狠的瞪向妮可。

她一副無所謂令人火大的表情。

趁著拉爾牠們正在找尋住宿處的時候，我就坐在村子裡流不出水的噴泉旁的木製長椅上望著即將墜於平原上的落日。向陽處的火紅晚霞透著炫目的光燃燒著在大地上的最後時分。被拉長的影子正拖著落寞的身體準備好要消失到哪去。由於這迷人的景色使我沒注意到旁邊坐了一隻犀牛。

「我不知道多久沒看到人類了。」

聲音聽起來是一隻老犀牛。

「很久了嗎？」我說。

「至少四十年。」

真的夠久，我說。

「但對於回不去的往昔來說，還不算久。」

「什麼意思？」我問。

老犀牛笑著露出一排灰灰髒髒的牙齒說：「你願意聽我說？」

反正我閒著，我說。

「數百年前的這裡可是不論什麼產業都相當盛行的村子，人們稱呼這裡為『森林』東部的貿易中心。東貿村這村子的名字正由此而來，但長年扭曲的戰役逐漸地讓貿易成了附屬的手段，不那麼純粹了。」

「然後村子就沒落了嗎？」我說。

「是啊，意外地相當簡單就被摧毀了。重建也沒意義，反正只是再次迎接毀滅而已。」老犀牛凝視著腳上粗糙又龜裂的皮膚。

傷口時不時地隱隱作痛，由體內神經開始傳遞到肌膚上的一陣一陣的刺痛感發麻著。暈眩感仍像彩帶纏繞在我身上。

「若你只是淪為某個陣營的武器，那事情將永遠不會結束。」老犀牛說。

我倏地抬頭看向村子的高塔，高塔就像電塔般地發送某種我們看不到的訊號。一開始我沒感受出來那種訊號的含義，現在卻覺得很像那個，也就是求救訊號。

「『森林』到處是半殘將毀的城市或部落。」妮可說著。「我們的家鄉也是，不用幾年便成了一片狼籍的廢墟了。如果我為此感到悲傷也只會整天以淚洗面。」

「到處都在爭奪，但想終結籠罩著『森林』的戰爭也不容易。」拉爾說。

「為什麼？」

「因為情感會互相傷害。」

靜謐的夜幕垂下了憐愛的淚珠，高掛在如畫的星空。我看著那些淚珠般的星星燃燒著自己，和我都不懂的那些碎片的夢境糾葛在一塊，終有一日會畫下句點吧，我想。

一早太陽尚未探出頭，我們便又驅車趕往神廟。天空漸漸被青藍色給占據，剩幾顆仍不捨在夜空遨遊的黯淡星星，被那積極的日光一口吞下。我想著破爛的東貿村裡頭如廢墟的房子、流不出水的噴水池、老犀牛還有那寂寞地發出求救訊號的高塔。當我正準備上車時看見遠方的老犀牛表情凝重地看著我們。從胸口發出的暈眩感仍在想辦法折騰著我。

大約經過了半天的時間，馬車終於到達目的地。太陽高掛於沒有雲的天空，正屬於一天最酷熱的時刻。我緩慢地從馬車上下來。眼前一位穿著侍者服的烏龜，龜終於出現了，牠扶著我往神廟的方向前行。

我大口吸入清新的空氣，不時有慵懶的鳥叫聲（到底是誰在叫呢）。好像已經離開森林了，四周沒有山、沒有樹林。只有一望無際的草原，及雖然遙遠但卻仍可以從這裡看出是巍然屹立的中古世紀建築物，應該就是神廟。

身體持續發熱著，不同的是汗水不再流出，只是仍有股梗在喉嚨說不出的奇異感在作祟，有東西在我心臟部位存在的感覺。它尋覓著、探索著，彷彿要看透我心臟般的渾身不暢快，腦海浮現昨天夢見的星星及碎片，那是夢嗎？

妮可十分專注地看著遠方的神廟，可以說是目瞪口呆。

「怎麼，你們也是第一次來到神廟嗎？」我問。

「怎麼可能。」妮可說。「每次來都覺得神廟明明是如此浩大、神聖的場所，可是一當踏進裡頭時，就會被某種無止盡的空虛感包圍並啃食著，不時有一種厭惡的情緒纏繞著身體。」

「空氣中總是有一股悲傷。」拉爾說。「從獅子撤退到這裡的五年來，只有悲傷。」

「獅子失勢了。」我說。「政治的傾向是可以改變的對嗎？」

「沒錯。」拉爾說。「刺青是可以透過沐浴塗改的。幾十年下來，許多動物對獅子已感到不信任。畢竟一天只能說三句話的戰敗王者是沒辦法讓人信服的。」

我們下馬車的地點並非就在神廟正外頭。神廟方圓五公里內無法也不允許任何車輛接近，只能透過雙腳前進。基本上分為三階段，最外圈是平原，中間是一片曾是戰場的荒地，最裡面的一圈則是四散著遺跡的廢棄村子。這樣子的漸層式地形據說是以前為了防守敵軍所特別設置的，分為三道防線，平原的部隊被擊敗時將資訊傳遞給荒地上的部隊，再根據情況設置防守戰術，村子則具備游擊戰的優勢。

只不過這是在「森林」還沒給予動物詛咒前的事情了。

在平原其實也有不少在部落所見過的類似遺跡又或是雕像的東西，有鳥、也有大象，只是都殘破不堪，不太確定面相。聽說一千年以前的王者是鳥跟大象，拉爾向我解說著，只是牠們都死了，這也是生物本來的命運，如今看來卻如此諷刺。

「無法死去，究竟是福還是禍？」

面對從未想過的問題我只能沉默著。侍者烏龜終於說話了：

「那是最和平的時光，兩個王者合力統治著『森林』。」

我心裡想著該不會這隻烏龜已經活了千年歲月了吧。

戰場的荒地則空無一物，什麼都沒有。沒有遺跡、沒有雕像，氣溫急遽升高。接近建築物、也就是進入村子時，氣溫則回穩不少。景觀有點變化，周遭遍布著許多雪白的針樹，不論是樹幹還是樹葉，清一色都是染著雪白，並沒有下雪，而是原色的樣子。我不曾欣賞過如此純粹、清澈的白，彷彿像是被暴雪連續襲擊三天三夜後，雪花的白被提煉出來後就這樣依附著針樹林，從綠油油的大地一瞬間被白色覆蓋成雪白世界。

值得注意的是，雕像不再是破碎支離，在這裡除了幾座相較其他雕像完整許多的獅子雕像外，也有不少完整無缺的鳥及大象的雕像，而且就設計風格來說算獨樹一格。只不過矗立著的鳥雕像的眼睛部位有道像淚痕的裂痕。

「門口到了。」拉爾說。

緊接著侍者龜走向門前輕輕敲了兩下，門緩緩地向內打開，霧氣之類的氣體隨著門的動靜從內往外流出。

「裡頭異常的冷，請小心。」侍者龜笑著對我們解釋，應該說對著我解釋，只有我是第一次來。

剛才的氣體似乎是凍氣，果真異常的冷。

由於妮可剛才的一番話使我特別注意著神廟的氣氛，但沒什麼特別的感覺，就只是一座空蕩蕩的建築物。

稍微打量了一下神廟的內部，與其說是城堡反而像是畫廊，牆上掛著許多畫像，有種教堂跟佛寺結合的感覺，也許這裡也曾是動物們的信仰場所。一磚一瓦所使用的顏色也相當鮮明，放到人類社會肯定會是著名景點。

走沒多久，有一隻更老的侍者龜（留著同樣雪白的鬍子）從樓梯處出來迎接我們。

「好久不見了，貝爾兄妹。」較老的烏龜先對拉爾牠們拱手打了招呼，拉爾跟妮可見狀也連忙向牠回了禮。

「真的好久不見。」

「您依然健康，凱爺爺。」

「我已經老了，要維持健康真不容易。哎喲喲，這位是？」那位叫凱爺爺的烏龜看著我說，附帶一提，牠的面容像極了慈祥的老人。

「這位是今年的人類。」拉爾介紹著，用最簡短的字彙。

「人類，人類是吧？幹得不錯啊拉爾，終於讓我們有機會一吐這一段時間的不快了。」牠笑的簡直就像見到孫子的祖父一樣。

「不，不要誤會，你們的戰爭是你們的事，我會協助你們，但也是在我能逃離迷失為前提的情形下。」我解釋著。

「逃離迷失是件好事啊，我好久沒看到人類想逃離了。」凱爺爺說。

「難道沒有人類想逃離『森林』的嗎？」我掩飾著心中的慌亂，鎮定地詢問著凱爺爺。

「沒有，或者說很少，當人類知道自己不平凡後，都不會做逃離這種蠢事的。」

凱爺爺發出爽朗的笑聲。不平凡三個字同時深深刻畫進我腦海裡。

「總之，先帶我們去見里翁大人吧。」拉爾催促著，「幽靈已經追蹤到我們的位置了。」

「幽靈嗎？那可真糟糕哎喲喲，你們等我一下。」說完凱爺爺就步履蹣跚地走向階梯的方向，似乎是要稟告獅子，拉爾口中的里翁大人。

由於等待的時間太無聊，我想我還是多了解一下「森林」的事情會比較好。

「幽靈可以突破詛咒嗎？」

「可以，」拉爾看向我說。「這都要歸根於你們人類麻煩的能力，將死者死而復生正是二十年前的迷失人類的能力。但那其實不是完整的復活，只能讓它們以幽靈的身分，像喪屍般行動，沒有思考、沒有言語。」

「沒有思考及說話能力，豈不是和失能的效果很相似？」我說。

「沒錯，這個能力表面上看起來沒什麼用，但若是作為一種牽制手段卻具有足夠殺傷力。」

「牽制手段？」

「將敵人的戰友、親人、愛人復活，讓他們一時猶豫戰況就能扭轉。我曾聽說幽靈在剛被復活之際是能保有完整樣貌的。而後來襲擊我們的幽靈會如此醜陋是因為長時間復活的關係，缺乏養分的它們漸漸趨腐爛。」

「靈魂也能腐爛？」我說。

「因為這能力讓我方陣營的士氣大受打擊，也讓虎在距今十餘年前再度奪回王位。如果單看這能力在戰場上的使用程度上還是有限，幽靈沒有自主思考能力就無法作戰，我們陣營也不會再這麼大意，但仍失敗了。十年前的人類不幸地被虎籠絡到他的陣營並將其力量喚醒，失能這能力對我們造成太大的傷害，當時的將軍都因此死去，虎也得以衛冕。之後，他們似乎發現這二個能力之間的平行線意外有所重疊。」拉爾稍微伸展了手臂繼續說。「失能是十年前迷失人類的能力，卻能夠套用在二十年前迷失人類的能力身上。他將失能所剝奪的靈魂放置在幽靈上，雖然無法到全部的意識，但至少有一半的意識能在幽靈身上甦醒，並展開行動。」拉爾說。

「而那些幽靈身上不會有刺青，所以可以侵入神廟。」妮可說。

「那獅子這邊有什麼應對策略嗎？」

「其實有，只是目前為止幽靈只侵入過兩次。」拉爾說。

「兩次？」我稍微提高了音調詢問，感覺有點不小心破了音。

「第一次是在五年前，剛逃到神廟的士兵們都被那種充滿未知性還具有腐爛外表的漂浮靈體給嚇了一大跳。彷彿眼睛一直看著它如黑洞的軀體到最後連身體都會被吸入。第二次是在兩年前，沒什麼特別原因，久違的幽靈突然出現在神廟。但它沒什麼作為，有點像是迷路一般，最後被我們清除。」

我突然很想看看幽靈的樣子。

「接下來說說我們的對策吧。不論是第一次還是第二次的幽靈其實我們都沒將它們殺死。應該說也不知道殺死的方法。我們採取封印的方式，神廟裡有術士能夠使用普通瓶子大小的魔法容器，可以暫時將幽靈收納進去。雖然說是暫時但也五年多了，靈體早就腐爛殆盡。這是目前的對策，但如果有大量的幽靈進攻我想就沒辦法了。」

「第二次的幽靈是怎麼回事？你們有想過嗎？」

「當然有，只是很沒有邏輯。」拉爾說著皺起眉頭。「畢竟短期的戰爭結束了。我們推測幽靈的使用方法是虎陣營在五年前才發現原來兩位迷失人類的能力可以相互結合後才派了幾個到神廟作亂。但兩年前的事件就沒有頭緒。」

「會不會，」我開了個頭讓拉爾牠們注意到我。「是在為這一次的戰爭做準備？」

「這個我們有想過，雖然有可能性，但當時的幽靈的行動看不出什麼端倪。後來我們都認為可能是能力間的結合偶爾會失敗，所以導致行動上的瑕疵。」拉爾說。

「不過看來你也清楚今年將會有一場戰爭。」妮可說。

「果然是不可避免的吧？否則你們不會這麼著急。」我說。

「我認為著急的是虎的陣營。如果他們在人類的能力結合上有所成功，理論上會更想得到你，一方面也擔心你的能力會不會對他們有所影響。」拉爾說。

「所以我是關鍵吧？」

「不要太得意，你根本不知道你擁有什麼能力。」妮可不屑地向我吐槽。

「不過話說，現在神廟裡頭服侍著獅子的都是像那樣的老動物嗎？」我說。

「不一定，你不要被佛洛可說的話誤導。你在平原外都有看到許多武裝的戰士吧？那就是我們的第一道防線，我們稱為『武裝隊』，各式各樣的動物都有，他們很多都是父母親甚至祖父母的時代就追隨著獅子的武將後代，他們的心對獅子都是忠貞不渝，只是相比虎的部隊確實少了很多。」拉爾看了下天花板的位置。「待會再帶你認識一下這座神廟裡頭的將領吧。」

「還有你可不要小看凱爺爺，別看他一頭白髮蒼蒼，身手其實還很矯健，他經歷過鳥和大象的時代，論經驗也絕對是神廟裡頭最長久的。」妮可補充說道。

「凱哥可是比老夫多活了五百年。」侍者龜笑著說。

「讓你們久等了。」凱爺爺這時再次出現在樓梯口。

「凱爺爺，我們可以上去了嗎？」妮可一面說著一面急躁地走向樓梯的方向。

「很遺憾，不行。」凱爺爺微微鞠著躬說道。

「怎麼了凱爺爺，里翁大人說了什麼嗎？」拉爾說。

「他不願意接見任何動物，以及人類。該怎麼說呢，里翁大人今天心情不大好。」凱爺爺有點支支吾吾地說道。

「是嗎，今天是鬱的部分嗎？」拉爾說完便向凱爺爺鞠躬。「謝謝您，那我們明日再來看看好了。」

「怎麼了嗎？就這樣放棄了？」我說。

「待會再跟你說，先向凱爺爺道謝吧。」

妮可拉著我一同向凱爺爺鞠躬後便推著我往旁邊的通道走。

「人類，」凱爺爺叫向我，我回頭看牠。「不要急，能力在你身體的最裡頭沉睡著。你要先認識自己，才能夠擁有它。」

三

我應該如何認識自己。

反覆在腦海裡咀嚼著，有點像是在一團亂的毛線球裡頭抓出一條能夠一抽就化解所有結的線。目前的處境就是那麼艱難。沒有所謂正解，只能夠不斷嘗試著錯誤，然後遍體鱗傷地笑著說：「繼續努力吧。」

一直以來我都像在水裡頭，明明憋著氣已經夠辛苦了，卻還是要學習著面對各式各樣的表情面具，並分辨誰的笑是真誠的、誰的笑是虛假的。而當我能夠輕鬆去分辨這些笑容後回頭一看，才發現大家都孤立著我，我是孤獨的，只因為過於輕易去看穿這些面具。

「獅子，也就是里翁大人，由於這五年來無法自由說話的緣故，得了躁鬱症。」拉爾說。在大門附近的通道走約十分鐘的路程後抵達大廳。有相當多並排的長椅，看起來很像教堂的禮拜廳，不過這裡沒有任何生物，除了我們。「當狀況好時，里翁先生會用書寫的方式和我們溝通。但躁和鬱輪流煩擾著他，像今天不願意接見任何動物就是鬱駕馭了情緒。如果是躁的話他會突然很有野心，並開始做一些戰術上的操演，但要求非常超過。有時候也會失控地到處破壞。這就是我們的王，所以越來越多動物離開神廟、離開獅子。」

「那獅子，里翁應該很痛苦吧，因為這不是可以輕易控制的狀況。」

我想那不穩的情緒就像水一樣，碰到不同的容器就有不同的形狀，不同的溫度就會有多種樣貌。捉摸不定的形狀、心情，想當然爾不只讓他人痛苦，還有自己本身。

「不知道，他正常時很善於將情緒隱藏在心裡，但和他說話時能感受到平靜的水面下有東西持續被壓抑著，彷彿隨時都會掀起波瀾。」妮可說。

「今天見不到獅子沒關係，明天還有機會。剛才有說過要帶你認識一些在神廟擔任將領職的動物對吧，現在就去見見他們。」拉爾說。

禮拜廳的後面有個不起眼的出入口，外頭是露天穿廊，周遭栽種了不少花，而且看起來有特別照顧過，顏色及花朵的排列相當規律不雜亂。

從穿廊往上看可以知道還有幾座較大的建築在我們後面。神廟是由好幾棟壯闊且高聳的中古式建築組合而成。位處最低點的我抬頭一看，澈藍的天空被建築物的整體吞噬掉了四角，因為屋頂是尖端的，所以天空的形狀就變成放射狀，好像在釋放那清晰的藍，而四散的雲朵彷彿隨時都會從天而降。

天真的很藍。

經過穿廊正式進入神廟的主體建築，剛才等候凱爺爺的那個大廳似乎還不是主體建築，因為沒從樓梯那邊上去過，也不確定獅子實際所在的確切位置。

幾位士兵在大廳正下方確認拉爾牠們的證件，侍者龜也一路跟著。仔細端詳了一下那些動物，發現是貓和狗，看來確實也有除了熊和烏龜的動物。拉爾和牠們交頭接耳了一會，貓和狗的視線便往我這飄移，並不時帶著笑容，似乎我對牠們來說也是好消息（也或許只是我自以為是）。

放行後搭上一台滿古老的電梯，至少就我來看是這樣。往上運作時會發出咔塔咔塔的聲響，這些聲響令我有點不安，但其他動物都表示出沒什麼的樣子，所以我還是故作鎮定，媽呀真的不妙呀我心裡想著。

「一般來說，」拉爾在一陣沉默中開了口。「會迷失的人類都有點缺陷。」

「缺陷？」我說。

「你剛醒來時為了不讓你更混亂我才沒說，但我看現在應該可以說了。簡單來說，是內心有巨大的缺陷而從外表看不出來的人類最容易迷失。至於『森林』怎麼選別的我就不清楚，但可以確定的是每個迷失的人類都是在自己最脆弱的同時迷失到『森林』。『森林』的我們有我們的生存方式，一直以來都是如此，而迷失的你們人類卻像是要打亂這個模式似地出現。我一直認為這是『森林』詛咒的一環。」

意思是我是在最脆弱的時候迷失的。最脆弱的時候到底是什麼時候？最脆弱，腦海裡反覆浮現著這三個字，但偏偏沒有任何記憶能佐證。

「我們的『森林』與你們人類的世界理論上是沒有交集的，但就某種情況上來說卻又不是如此，」電梯老舊的運作聲持續著，讓我越來越不安。「十年一次，只有在這樣的條件下兩個世界會產生稍微大一點重合，而你們人類的脆弱正是開關，誤觸了開關就迷失到『森林』、打破了這個世界的平衡。不過說來諷刺，我們現在正好需要你的迷失來打亂平衡。」

「你曾說過我的迷失並不容易，這是什麼意思？」我說。

「字面上的意思，脆弱的人類比比皆是，你卻能脫穎而出。」拉爾說。

「別鬧了吧，明明平常沒那麼幸運。」我拉起衣領擦了擦臉上的汗，已經流了這麼多汗了啊我想。

「就像凱爺爺說的，你還不夠認識自己，你必須再往你更內心的深處去探索才能找到答案。」妮可說。

我無法反駁，我真的越來越搞不清楚自己了。

總覺得記憶不斷地在流失。拉爾看著我好像要說什麼卻欲言又止，也就罷了。

終於，老舊的電梯聲響停止了，看來已經到達目的樓層了。電梯門緩慢地打開，一走出來就看到許多的獅子銅像整齊沿著走道排列著，每座銅像的動作都不大一樣，不知道有什麼含義。

「獅子大道。」我說。

「確實。」妮可也笑著說。

順著獅子大道走燈光也逐漸明亮，很像是海盜電影在探索地下通道時的場景，火把一個接著一個自動地點亮，只可惜這裡卻又現實了一點，沒那麼浮誇的排場。

首先我們走到一間像實驗室的地方，這裡是第二實驗室，拉爾說。我們先見了一位名叫薩卡的將領。牠是老鷹，同時兼任將軍及科學家。銳利的眼神下看不出任何想法及情緒，牠的臉是徹頭徹尾的老鷹，沒有一絲人類的韻味在其嚴肅的臉孔上。

「我在研究關於『森林』的盡頭。」薩卡說。

「『森林』沒有盡頭嗎?」我問。

「有,只是我們找不到。關於盡頭的事情幾百年來科學家拼了命在探求,但結果往往令人失望。」

「失望?」

「無限延伸,永遠的無限延伸,彷彿沒有盡頭。」

「會不會其實根本就沒有盡頭。」妮可說。

「當我及歷年來的學者們對於研究十分氣餒時都曾這麼想過,不過其實一直都有證據顯示盡頭是存在的。」

薩卡從抽屜抽出一份文件展示給我們看。這是一份對話紀錄,從第三人的角度去紀錄的樣子。

森林曆三〇三〇年

我們長年下來對於盡頭的研究可說是鞠躬盡瘁、也無所不用其極地找尋著任何蛛絲馬跡。然而,對於種種疑問都無法釋疑,研究團隊也漸漸開始懷疑,盡頭是否不存在?會不會「森林」就是一種沒有盡頭的循環呢?正當這項研究即將被廢除之際,名為比爾的動物突然現身在研究所,說著自己探索過盡頭了。一開始我們認為是惡作劇之類的無趣玩笑,但他鉅細靡遺地形容著盡頭,讓我們決定豁出去完成這份報告。以下便是當時的訪問紀錄內容。

一五點〇一　比爾：最近的酒都這麼難喝嗎？盡頭的酒可美味了。那裡的動物釀的酒有著我從未品嚐過的酸和澀，是這杯子裡頭所不及的高尚之物。

一五點〇二　研究員拉比：盡頭有生物存在嗎？

一五點〇二　比爾：當然有，起初我也很訝異，因為他們和我們長得不太像。大概介於我們和人類中間吧？特殊的長相。他們也對於我們的存在感到不思議，畢竟從未有動物到達過那裡吧？總之一切都很新鮮。那裡的建設也好、大自然也好，都和這裡不太一樣。「森林」給予了不同的恩惠呢，我們就像是被挑剩不要的孩子。（後面皆為不重要之內容，故省略。）

（註記：中間內容遺失。）

一五點三〇　比爾：我已經說了幾百次了，我從盡頭回來了。我看到了無限的牆，延伸到天空、阻絕著大海。

一五點三〇　研究員拉比：請問您花了多久的時間辦到的？

一五點三一　比爾：我想已經超越了時間的概念了，這不是花費時間所能辦到的。

一五點三一　研究員拉比：那您是怎麼辦到的呢？

一五點三一　比爾：是穿越，我穿越了時間。

一五點三一　研究員拉比：穿越？

一五點三二　比爾：沒錯，穿越。正確的說法是我迷失了。我迷失到人類的世界去了。
一五點三三　研究員拉比：迷失到人類世界去了，是嗎？
一五點三三　比爾：沒錯，然後再迷失回來時，我已經在盡頭了。
一五點三三　研究員拉比：但要怎麼迷失呢？而且是「反迷失」？
一五點三四　比爾：就是〇〇，〇〇才能迷失。

關鍵字像被消除般模糊不清，這是刻意的行為痕跡。
「這份紀錄就是關鍵的佐證，我們不認為這是造假。」薩卡說。
「盡頭、反迷失……都是些不可思議的東西。」妮可說。
「所謂研究這是這樣吧，也沒有所謂的結果。」拉爾說。
「拉爾，你這樣說就太不專業了，研究盡頭本身就是沒盡頭的事情。」薩卡笑著，而且是有點歇斯底里地笑著走出實驗室。
「薩卡先生是相當有實力的將軍，和另一位諾可先生有著不相上下的水準，就是碰到研究時會有點走火入魔而已。」拉爾說。
搭著破爛電梯往下一層樓移動，這老舊的聲響實在令我分心。走出電梯後我才嘆了口氣安心下來。
「電梯應該零件換新才對。」我忍不住抱怨了幾句。顯然動物們不以為意，很有默契的一同忽略了我。看來對牠們來說真的沒什麼。

不遠處傳來清脆的聲音，仔細聆聽似乎是金屬製品之間的敲擊。敲擊的聲響及不時的喊叫聲隨著我們越接近則越加明亮。剛才聽到的金屬聲是武器間交互碰撞的摩擦聲。這裡是士兵的集會所，拉爾說。

原來士兵這麼多啊，我說。

「其實這些兵力根本不足虎的一半。」

「不要再凸顯我的重要性了，壓力很大。」我笑著說。

「想不到人類有時候也滿幽默的嘛。」妮可說話時帶著刺。

原來熊是如此懂得說話藝術的動物。

「諾可先生，我帶貝爾兄妹及人類來了。」侍者龜向著前方一位穿著盔甲的獅子鞠躬說道。

「辛苦您了，托奇先生。」一名叫諾可的獅子也向侍者龜行禮，原來侍者龜叫托奇。

「諾可先生。」拉爾正準備說什麼時，諾可用手勢制止牠說道：

「先進來會議室說吧，這裡太吵我聽不太到。」

確實，兩旁的空曠地似乎是練兵場，士兵們無不使盡渾身解數在這裡做武打的練習，喊叫聲也是牠們一邊揮舞著武器一邊所喊出的。眾多動物若一齊喊聲時，我們的聲音就像是身處封閉的空間被抽走似地無法傳達出去。諾可帶著我們走進更裡頭的會議室。會議室的空間不大也不小，正中間則有一個大圓桌，諾可看著我們一一坐下後自己也找了個位置坐下。他的臉上有不少傷疤，似乎是受到獅子這外貌的影響，牠的面容要論嚴肅其實也挺嚴肅的，但明顯的嘴上的笑意藏不太住。

「你就是這次迷失的人類吧。」諾可率先發問。

「很難看出來嗎?」

「喂,不准無禮,諾可先生可是將軍噢。」妮可抓住我的衣領作勢要揍我。

諾可大笑了幾聲。「無所謂。妮可,我才沒這麼獨裁呢。能力還沒甦醒對吧?」

「是。」拉爾替我回覆道。

「原來獅子不只一隻嗎?」我說。

「獅子本來就很多,真要算起來我好幾代祖先們都是侍奉著里翁大人呢。」

諾可起身往後方的書櫃上拿了幾個相框向我展示。

「這是我曾曾祖父。」有點鏽蝕的相框鑲著泛黃的相片,一隻帶個王冠的獅子坐在最中間,牠應該就是里翁。旁邊坐著幾隻動物,包含獅子、熊、烏龜。烏龜看起來似乎是凱爺爺,正如妮可所說的,牠曾擁有不凡身手的樣子。不過最讓我在意的是最旁邊坐著一隻虎。

「這是當年他們打勝仗時所拍的紀念照。」說完諾可又將相框放回書櫃。「里翁大人很常跟我說我每一個祖先的故事,導致我明明沒見過他們,卻又無比熟悉。真的,饒了我吧。」諾可笑著說,又再次坐回位置上。

「照片裡頭的那隻虎也曾是夥伴嗎?」我說。

「是啊,他是孟加拉虎,不過戰死了。你也聽拉爾他們說了吧?『森林』有著侷限住我們的詛咒,然而要為誰戰鬥的決定卻是自由的。並不是獅子就一定服侍獅子,虎就一定服侍虎。反而相反,同樣是虎的動物可能不願意服侍虎,這很容易理解吧?因為嫉妒,或是針對同種才有的敵對意識。獅子也相同。這就是『森林』、我們的世間，既單純卻又複雜。」

「但諾可先生的祖先們卻願意服侍里翁先生。」我說。

「對啊，因為他很特別，總是有吸引著我們的地方在。」說完諾可沉默了一會，牠抬頭看了一下天花板說：「要不要喝咖啡？」

我婉拒牠。拉爾跟妮可則都要一杯。明明是諾可詢問的，卻是由侍者龜托奇去泡，果然是侍者。

「就像你知道的，我們的勝率不高。對方擁有兩名人類的力量，以及我們兩倍以上的兵力。獅子王朝的殞落是遲早的。」諾可說。

不知道是不是說得太直接，現場的空氣被殘酷地凝結。妮可不時望向托奇的方向，咖啡的香味已經飄散到這裡了。

「嘿，別這麼死沉，我還沒說完。也因此今年應該出現的迷失人類是我們的希望，也就是你，你應該已經聽膩了吧。不過，有一點我覺得奇怪，那就是虎的行動沒想像中的多。照理說為了阻止我們得到你的力量，會有將領等級的戰力來從中妨礙才對。不過收到的報告卻只有佛洛可以及幽靈這種下端的層級。」

「你的意思是，牠們似乎有所顧慮嗎？」我說。

「我認為是這樣，但不知道為了什麼而有所顧慮。」諾可說。

「亦或者，他們根本就不覺得一位人類的力量能有什麼改變，甚至認為隨時都能奪走這股力量。」拉爾說。

「嗯，不是不可能。不過，」這時托奇將咖啡端了過來，香氣隨著咖啡杯擴散著整個會議室──托奇還是泡了我的咖啡。

「我認為最有可能的選項是他們想等能力甦醒後再決定行動。」諾可喝了一口後繼續說著。

「或許他們畏懼著三股能力間是否會有所衝突，畢竟這是前所未有的情況。」

「一直以來一個陣營最多就只會得到兩位迷失人類的力量嗎？」

「是。針對這點『森林』其實沒什麼限制，只是在自然的力量平衡下，沒有陣營能順利得到第三位人類的力量。」

「但這有點不合邏輯，畢竟不是每十年會有一位迷失人類嗎？這樣經過三、四十年的時光的話，不就會有多位迷失人類同時在森林？這樣的話也比較容易一次得到三名人類的力量吧？」

「對我們來說，人類的壽命很短。再者，隨著年齡增長力量也會逐漸衰弱，這是你們人類的命運，更何況心境也是一個影響要素。」拉爾說。

「心境？」

「比方說你好了，現在的你不就是很想脫離迷失嗎？」

「確實沒錯。」我說。

「這就對了，因此，對於戰爭的抗拒、對『森林』的排斥感等這樣的心境正是影響著人類及能力的一個要素。」拉爾說。

「但虎主要不敢輕舉妄動的原因我猜是他們在勢力範圍的掠奪上已經達到一定的程度了，更不可能再拿石頭砸自己腳，做出有風險的行動。」諾可說。

「所以我們必須更專注在我們的這一步。」拉爾說。

「也就是讓我的能力甦醒對吧？」我說。

「沒錯。」說完諾可便起身又再度往書櫃的方向走去，像電視劇會出現的權威博士一樣在書櫃前地毯式的用雙眼掃過每一本書，手也不忘隨著目光的掃射指著一本一本的書，直到目標出現在眼前時便喃喃自語說：「找到了找到了就是你。」，然後抽出那本書，走回我們所在的圓桌，並從口袋拿出眼鏡戴上，專注地翻閱該書。

「就是這一頁。簡單來說，要讓力量甦醒的條件有很多種，不一定要全部符合，只要其中某幾項的要素有達到就可以了。首先是地點，這是最關鍵的，地點錯誤了就什麼也辦不到。」說著，諾可將剛才翻閱的那一頁轉到我們的方向展示給我們看，原本以為書本上記載的是條件之類的條列式文章，結果卻是地圖。地圖所呈現的是一個橢圓形的區域，其四端都有像是橋的東西連接著，另一頭則是像峽谷的地形，看起來這個區域本身只能透過這四端的橋來往返，峽谷再外圍的地圖則沒有記載到。

「這是聖域，距離神廟最近的一個地點。其實地點不只一個，有數個散布在『森林』的其他地方。」諾可睜大眼睛地。「不過，拉爾，這些你都清楚吧？畢竟以往人類都是讓你來接洽。」諾可說。

「一直以來，我所接觸過的人類只嘗試過兩種條件就將能力甦醒了。除了諾可先生說的聖域之外，另一個是必須去沐浴點沐浴。在特定森林的最深處，而且不能有動物陪伴，必須由人類自己讓『森林』檢視。」拉爾說。

「我自己獨自到『森林』的最深處嗎？會不會太危險？」直到不久前我都覺得所謂能力是會自己甦醒過來，我不需要做任何努力。「放心吧，我們會陪伴你到能容許的範圍，接下來的一段路你自己前往就好，其實不算是很長的一段路。」

「不過虎會不會在我一個人的那段時間攻擊我？」

「我想不太可能，就如同前面所述，他們在不確定你能力的廬山真面目前，可能都不會有動作。再者，沐浴點所在的森林入口只有一個，從其他地方是進不去的，這是『森林』的詛咒。我們會送你到那，所以虎的陣營若有什麼動作我們也會阻止他們，只是……」拉爾說。

「只是？」我疑惑著問。

「若你在沐浴前沒辦法好好搞清楚你自己，一旦沐浴了，『森林』便不會讓你離開那座森林，而且你會在沐浴時被『森林』吞噬。」妮可補充說道。

「又來了，又是我所不能理解的問題，到底要怎麼樣才算認識自己呢？」我說。

「我想至少，你要知道你自己的問題，像是為何你會迷失。」妮可說。

「我想能力的甦醒就取決於你能不能從記憶中找出這部分吧？所謂的脆弱，正是能力的來源。」諾可說。

「真是考倒我了。」我說。

拉爾說牠已經經歷了幾次這種愚蠢的過程了。

真的愚蠢，我也這樣和牠說，然後喝下第一口咖啡。

四

在一片無止境的黑暗中，我卻能清楚看見自己的雙手。

有一絲亮光理所當然地照映著，來自我的心臟。我指的是亮源，也就是星星的碎片。它們在我身體四處流動著，最終還是匯回心臟去。

總覺得像是某種劣根性，自以為是的離家孩子在發現所謂外頭終究是那麼缺乏溫暖後還是回了家。為什麼我會覺得感同身受呢？

記憶有點湧了上來，像卡通裡頭的角色往地上一鏟，溫泉水的水柱就咻的噴出來一樣湧了上來。因為我也是這樣，我也是離家的孩子，只是沒那麼戲劇化，單純就是畢業之後離家北上都市找工作而已，大家都是這樣子的，往更好的地方發展。身處異鄉才知道那孤獨感的沉重，獨自一人要面對所有事情，想找人訴苦卻又覺得別人又不一定願意聽我那冗長而無趣的抱怨，更何況也沒有相對交情好的人可以訴說，於是便讓自己的肩上扛著孤獨繼續前行，就像現在被無止盡的黑暗吞沒，只差在我現在胸口有一點光。

既然還有亮光，我決定往前走看看。如果失去了胸口的星星我可能就沒勇氣往前走了。明明只是一點點光，但看來就足夠了。

彷彿是被指引著，往某些方位轉，光會逐漸變弱，漆黑會像藤蔓似地一絲一絲攀上我伸出的手。只有往一個方向走，光才會穩定增強，方才仍執著的藤蔓便像死去般，無力癱軟，也慢慢離開我、垂在腳邊，最終消失。於是我就照著指引走，走了很久很久，突然胸口一陣灼熱，星星在閃爍著。我往前方看，剎那間黑暗已不再是黑暗，眼前出現許多正方形、圓形的框框在空中漂浮，那種感覺很不舒服，真要形容就像是見證了一瞬間的物換星移，大量的移動及變化卻只用一秒的時間在眼前呈現，腦袋還沒辦法接受就進行下一階段，我感到暈眩，也當場吐了出來，胸口的星星碎片們似乎也在嘔吐著，吐出了星塵（可以別在我身體裡頭嘔吐好嗎）。當我好轉之後，抬頭仔細檢視了這些框框，發現都是我在裡頭，那些是我的記憶片段，不曾回想也不曾注意過的片段。

某個意識驅使我一定要掌握這些東西，我便伸出手觸摸，然而手指一碰到記憶的框框後，卻聽到了碎裂的聲音，一細看竟然發現所有的框框都碎了，全碎了。再回頭看眼前的框框，碎片早已化為塵土，此時整個空間也都是塵土飛揚，再次注意到時又恢復了黑暗，無止盡的黑暗，胸口的星星也變得相當微弱，像風中殘燭般隨時會消逝、死去似的微弱。

「記憶選擇性地不讓你接近。」星星的碎片開口了。

「因為你根本不喜歡這些記憶。」另一片星星碎片接著說。

「記憶本身根本沒什麼，只是你無意識地逃避了。我猜你不是討厭或畏懼這些記憶，只是自以為它們已經沒用了而已。」

「然而在以為遺忘的同時卻也被它們折磨著。」

「因為你的本身，你的人，就是由記憶組成的呀。」這些星星碎片開始在我胸口的位置嘲笑著我。

意識到都是夢是在我張開眼皮看到天花板時，夜幕仍包覆著世界。天空的色調倒是沒夢中的世界那麼暗沉。

枕頭濕了一片，看來又流了不少汗。昨晚在討論完聖域及沐浴點的事宜後就決定在神廟住下了。

「聖域和沐浴點選一個應該就行了。」拉爾這麼說。

神廟就像是一座大城堡，由各式各樣功能的建築組合而成。王的居所、練兵場、會議室、士兵宿舍甚至連市集都有，作為據點是再適合不過。我睡在空下來的宿舍，拉爾牠們也是。在被這奇特的夢侵襲過之後，不知道為什麼就睡不太著了。索性出了房間到外頭信步走走。其實也不知道該去哪。沿著靜謐的走廊走到盡頭有一扇沒鎖的木門，用力推開時感覺木門上的木屑也脫落不少。

木門之外是露天的空中走廊。大約到胸部高度的圍欄靜躺在走廊上，瞥向一旁，遼闊的夜景映入眼簾，整個平原一覽無遺，幾處光點應該是守衛士兵的火把。

此時才真的意識到自己處在異世界般的世界裡頭。動物會說話、有智慧也彼此爭奪著，人類則像傻子一般踏入了陷阱，被迫展開一道道無情的程序。

除了我的呼吸聲外已是一片死寂，沒有任何的聲音，像孤魂野鬼般遊蕩著。沒有人跡，我是少數或這裡唯一的人類。話說回來到底「森林」還有幾位迷失人類呢？如果有曾經幫助過獅子陣營的人類，照理來說我已經和他見過面了，還是說因為達成了目標便離開「森林」了呢？我應該先問清楚的，總覺得問題隨著時間的流逝也一一浮現。

似乎太投入在思考沒注意到腳步聲接近，當留意到時，托奇在我右手邊也倚靠著欄杆。

「托奇先生。」我向牠點個頭致意。

「這裡的景色不錯吧，有時候興致來老夫就會帶著威士忌上來，邊嚐著美酒邊欣賞著城景。」

想不到牠真的拿了罐酒瓶，並吃力地將瓶蓋打開來倒進隨身攜帶的小酒杯，而且準備了兩個杯子，牠也倒了我的份，但我不知道是什麼品牌的威士忌。

「謝謝。」我接起酒杯說。

「說來也奇怪，幾百年來見過數十位人類，但老夫從未把你們當作特別的存在，就是普通的個體罷了，因為你們人類有著和我們相同的煩惱，也很輕易因小事發脾氣。」

「我想我們都很焦躁吧，彼此的世界都那麼亂糟糟，更何況還重合在一起。」

「你千萬別這麼想。」說完托奇喝了一口說。「『森林』和你們的世界只是看似平行，其實打從一開始就是混在一起的，都是混濁的。」

「所以才會有人迷失嗎？」我說。

「正是如此。假設兩者之間有一條通道可以互通，但就現在的狀態來看，這條通道是生病、有瑕疵的，它某個地方已經變得怪怪的了，所以才會一直眼睜睜看著你們迷失。」

「真的有回去的方法嗎？」
「當然有，既然曾經失手過一次，那再失手也無所謂了吧？這條通道就是這樣想著的吧。」
「那托奇先生，三十年前的人類是不是已經回去了？如果他是獅子陣營的話。」
托奇沒回答我，表情相當陶醉地看著遠方的平原。
「他是個很棒的傢伙。能力也相當搶眼。」托奇依然看著平原，那引人注目的一點小火源。
總覺得事情不會這麼順利，畢竟是戰爭，千變萬化，能在戰爭後還活著已經三生有幸了。
「托奇先生，你每場戰役都有參與嗎？」我問。
「老夫說個故事給你聽，希望你別覺得厭煩。」
我表示無所謂後，托奇便繼續說：
「從前，可能要追溯到一千年前了吧。我們龜族是弱小、速度又緩慢的種族，沒有任何王國願意雇用或納編我們進軍隊，連作傭兵都乏人問津。雖然感受很痛苦，活在一個沒動物願意接納的亂世，但日子還要過下去，咬牙苦撐了好幾百年。直到『森林』給予虎及獅子詛咒，原本群雄割據的戰場在沒幾年就只剩下被詛咒的獅子和虎兩個陣營，其他陣營都滅亡了。而龜族首先去徵詢虎的陣營，希冀著能得到重用，殊不知虎完全沒把龜族放在眼裡，認為龜是不堪用的種族。虎其實是很勢利且卑鄙的，這大家都知道。我們也知道他其實很膽小，不敢接觸不清楚底細的種族。
正當老夫感到絕望之際，里翁大人接納了龜族。他是這麼說的：『我相信你們可以幫助我的。』里翁大人信任龜族，龜族也信任獅子，而四處流浪的千年歲月也終於迎來終結。於是這些年下來的每場戰役，龜族的每一位士兵都在戰場上拼了命證明里翁大人的選擇是正確的，也為了證明我們自己是有用處的種族，凱哥更是我們的榮耀，他多次殺死虎的將軍們，甚至給予虎重擊，凱哥是這千年下來獅子能和虎搏得不相上下的關鍵。」

「原來龜族是這麼辛苦地生存著。」我說。

「沒有動物是不苟延殘喘的，大家都一樣，拚命找尋著活下去的平衡方法。」托奇說。

「但平衡終究還是崩潰了，是嗎？」

「是啊，不過只是看似崩潰。」

「看似？」

「就像『森林』和你們人類的世界看似平行，其實是混濁在一起的道理一樣。平衡看似崩潰，但其實打從一開始『森林』就沒有所謂平衡吧，都是老夫及動物們擅自認為的。打從一開始，就該是混濁的，任何事情都一樣。」

「任何事都一樣嗎？」不知不覺間我的這杯已酌盡。再注意看托奇先生的酒瓶，也早已見底。

「這樣比較好睡了吧，人類。」托奇拿回我手上的杯子，然後一言不發地看著頭頂上的月亮。

夜幕依舊，星星像灑落到地上的彈珠一般凌亂地散布在漆黑中，銀河扭著身軀纏繞在夜空中顯得特別彆扭。此時我才注意到原來「森林」的月亮看起來特別近。

「三十年前的人類還活著。」

「還活著嗎？」

原本看似陶醉在夜景的托奇突然開了口道出如此重要的資訊，令我如瞬間反射般質問。

「而且他沒離開，一直在『森林』。」

「那他為什麼不來幫助獅子呢？人又在哪裡？」

「人類，因為他是人類啊，不像動物過了三十年身體依然健朗。他雖然年齡才五十多歲，但就你們人類來說身子早就不堪負荷，成天喊這邊痛那邊痛了呢。」

「聽你的說詞，好像你們還有在聯絡嗎？」我說。

「他雖然不在神廟，卻還是有和里翁大人聯絡。」托奇將其深邃雙眼投射出的目光從月亮轉移到我身上。

「沒人跟我說啊。」我有點生氣地抗議。腦袋裡的東西既混亂又充滿了雜質，迷霧仍未散去。

當我再次注意到托奇時，牠已經帶著酒瓶不知道去了哪，只剩下我的聲音在空氣中獨響。

****

「拉爾，我覺得我們該談一談。」

天一亮的神廟和不久前的死寂有著天壤之別，晨光溫柔地照耀在平原，火把在破曉的那一刻很有默契地一同熄滅。

雜務兵勤勞地打掃神廟的每一角落，從地毯開始，到天花板的吊燈，無不細心擦拭著。各中庭的花圃也都有專人照料。伙房兵則是協助修女（動物）們進行早餐的準備。戰鬥兵則早在大地甦醒前就開始了一天的訓練，即使戰力相對懸殊，卻沒澆熄牠們的鬥志。

每隻動物都有自己該做的事，整個神廟像是運作中的機器，每個齒輪規律且穩定的運轉著，唯獨最突兀且最閒來無事的我們。我無法接受拉爾牠們明明知道我想要更多關於人類在「森林」的資訊，卻不告訴我三十年前人類的事，便在一早坐在餐桌等待開飯時開口詢問。

「不要。」拉爾很乾脆地拒絕。

「三十年前的人類還活著，還在『森林』對吧，為什麼不跟我說？」

「還不是時候而已。」

「那什麼時候是呢？」我說。

「等我們到沐浴點的森林，」拉爾停頓了一會說。「他就住在那裡。」

「他就住在那裡？」

明明這個撲朔迷離的世界中的迷霧正漸漸散去，我卻莫名覺得火大，沒什麼特別的原因，就只是覺得火大。我有點激動地站起來雙手用力地拍了下無辜的桌子，無辜的還有我因此漲紅的手。

「你先冷靜一點，你還有傷。」妮可一手壓住了我的肩膀，另一手則緩緩地拍著我的背，妮可似乎是希望我能沉著應對。

我環視了一下四周，動物們仍在做自己的工作，沒有任何一雙眼睛被我們的爭吵聲給吸引，真是驚人的專注力。吐了口氣我決定坐下。

「你必須知道或者你想要知道的事情很多，本來就會有優先順序，只要你信任我們，遲早會讓你一一知道，你該做的就是稍安勿躁。」拉爾口氣平淡地說。「再者，」開始有侍者陸續送上餐點（這次不是托奇先生了）而打斷了拉爾的話。

「我本來就打算今天要跟你說明沐浴點的事情。」拉爾說完就切起了肉塊。

我看著餐盤，有肉有魚也有沙拉，是相當豐盛且注重飲食平衡的餐點，但令我好奇的是這些肉的來源。

「這些肉……」我瞪大著眼看著牠們。

「你不用擔心，這不是我們的同胞。我們才沒這麼殘忍。這樣說明好了，『森林』和你們的世界的連結除了像你這樣的迷失人類外，還有野生動物的迷失，這樣你能了解嗎？」妮可說。

「也就是說，迷失的野生動物就是你們的肉類來源？」我說。

「『森林』裡頭有幾座森林會有迷失的野生動物，像是魚類、野豬等等，你當初被我們發現的森林也是其中一個迷失點。雖然兩個世界的重合要十年才有一次，但野生動物的部分倒是一直在維持著連結的狀態，就像是固定給我們的奉品。」

「不過我們吃著這些魚肉可是一點都不傷心。」拉爾冷笑著說。

「沒錯，我最喜歡吃的就是肉。」聲音的來源在門口處，諾可一副飢腸轆轆地走到座位上坐下便大快朵頤。

「您應該再更注重用餐禮儀。」拉爾無奈地說。

「今天就要出發了吧，往沐浴點。」諾可無視了拉爾的話語。

「真的是……沒錯，今天。待會我們會簡單扼要地說明。」

「不如現在說吧。」我說。

「我還是希望能先見見里翁大人。」拉爾說。

「我也覺得這樣比較好，我去請凱爺爺問看看。」妮可說完便起身往門口方向走去，只見她的餐盤已淨空。

「真是可怕的速度。」我說。

「這傢伙只有吃飯有效率。」拉爾說。

飯後不久，凱爺爺來到了飯廳表示了今天獅子里翁還是不方便露面的消息，不過卻遞了一封信給我。

「里翁大人雖然狀況不好，但他也知道現在你在神廟裡頭，因此費了好大一番功夫寫完這封信，你就在往沐浴點的路上讀吧。」

拉爾牠們沒什麼特別的反應，看來也是習慣這種狀況了。

好的沒問題，我說。

信封上一片潔白，什麼字都沒有。信封的封口處用火漆黏住，像是神祕的印記般密封。

「那我就簡單說明吧，待會我們會搭乘馬車往沐浴點的森林出發，我們都稱呼它為『阿法森林』。這座森林只有一個入口，由於『森林』詛咒的關係，從旁或從上都沒有辦法侵入，也因此我們會坐鎮在入口。你就安心地前往沐浴點，只有一點要注意，那就是你不能再次迷失。」

「再次迷失？我還有再次迷失的可能嗎？」我說。

「更正確的說法是被沐浴點吞噬，一旦被吞噬你可能連關於自己的事都遺忘了也說不定。之前說過了對吧？找回記憶、找回你的脆弱，唯有這樣你才不會繼續迷失，也就不會在沐浴時反被吞噬。」拉爾補充說道。

「我怎麼想都覺得不是件容易的事。」我焦躁地抓了下頭皮，頭皮屑及幾根頭髮也如雪花般飄落。

「活著本來就不是件容易的事。」妮可一副事不關己地說。

「你們真的不太會安慰人。」我說。

「你只能不斷回想，我記得你是連自己在迷失前的那一段小小的記憶都遺失了對吧？至少這部分想起來對整體記憶一定有幫助。」

諾可說的有道理。照理說我對自己的一切是清楚的，但唯獨迷失前的記憶卻喪失了。明明喪失的是一小塊記憶，我卻感受到強大的違和感，彷彿所有的記憶都不太正確。如果記憶像是一捲底片，那關於我的部分就像是失誤般的黑點印在我臉上，我不確定到底是不是我。抱持著如此的異樣感，我確實逐漸無法說清楚自己到底是誰、什麼身分。

我決定打開里翁的信。

信件內容：

很抱歉用這種方式做為我們的初次見面，雖然其實連面都沒見到。我想你也有聽我的手下們說了，我心裡的空間一直被惡魔占據，它不斷啃食著我的內心，我能做的就只有這樣。我至少花了五個小時才下決心拾起筆，寫了一點東西，連能不能稱為信件都不知道。

雖然有點自私，但我想先談談我的事，我覺得我壽命已盡，這是認真的，我最近突然有這種感覺了，我想虎那傢伙也是，即使他再怎麼得意也應該能感覺到，所以才那麼焦急地四處掠奪及占領勢力範圍。這種話我只能對一位素未謀面的人類說出口，現在對於相信我的士兵們，這不是什麼好消息。

五年前我被虎的刀刺中，並被下了有限制的言語詛咒，這是我心病的開端，躁和鬱的惡魔輪流駕馭我的心，這不好受，但我並非一事無成，我其實已經偷偷部署了一些事情，只是受限於詛咒，我沒辦法清楚地說明。

首先，我已經交代好了沐浴點的人類，三十年前幫助我們奪下王位的人類，他叫雷恩，現在應該已經是個老頭了。他會幫助你找回自己的脆弱並完成沐浴。請放心交給他，他有不背叛我們的理由。

第二，呼應前面提到的雷恩，他在阿法森林培養了一支菁英騎士團，在神廟裡頭只有少數的動物知道這件事，這支騎士團我規劃了五年之久。

為什麼這件事我要把它當作祕密般執行呢？正是我要說的第三件事，那就是神廟裡頭有「叛徒」，我一直都知道，卻總是找不到他，他隱藏得很好，也許這個叛徒不是單數，而是複數，所以這封信我將它設計成只有你們人類才能讀懂的文字，請你務必不要說出內容，並且小心任何動物，但也別太明顯地表示出來。有了阿法森林的騎士團再加上你能力的甦醒，這場戰爭就有了渺茫的希望。

再來談談你的事吧。確實，你要幫助我們拿下王位，才能擁有離開迷失的機會，這是很抽象的狀況，我也無法形容細節，總之我們的勝利是一把鑰匙，當然，要不要使用鑰匙的選擇權在你。

——好吧，我必須對你坦誠，其實我前面說的都是騙人的，我是指讓我們贏得王位才能離開迷失這件事。

讀到這裡我倒抽了一口氣，原本一切都是在我預料內，也就順暢地讀過去了，想不到最後一句話，將我心中的某塊地方扭轉了過來，眼前的畫面突然變得歪七扭八，像是壞掉的電視播放的電影，訊號混雜且波動，是那麼的不真實。我繼續讀下去：

……其實我前面說的都是騙人的，我是指讓我們贏得王位才能離開迷失這件事。那只是我的願望而已。經歷過了幾百年的時光，我已經厭倦了說謊，無法若無其事般地騙著你們這些既單純又可憐的人類，又或者是我厭倦了爭戰。其實鑰匙一直在你們身上，只是你們都沒發現而已。所謂迷失，就是「森林」的趁虛而入罷了，它侵略著你們的脆弱，找出你們曾犯的錯並放大它、分解它，再讓它蔓延至你們全身，像毒一樣麻痺你們的神經、還有內心，這是一個不可思議的現象，然後你們就迷失了。因此一切的問題都導向了你的脆弱，它到底去哪裡了，這對你來說才是真正的戰役，我希望你能打贏，只是我無法給你任何建議，我想雷恩可以。至於你要不要幫助我們就是其次，選擇權在你手上，我不想再強迫誰了，這算是我的贖罪嗎？如果這樣可以減緩一點我的疼痛那倒也不錯。我說過對吧？我有點自私。

我想我再也走不出躁和鬱的折磨，這讓我變得可悲也弱小，但不代表我得被同情，請無需同情我。我不期待自己能夠改變，我只是在找尋自己心中的平靜，就只是這樣而已。最後請記得不要向任何動物透露信的細節，你就說我只是單純的噓寒問暖。

我想你應該再也見不到我了，再見。如果可以的話請把我的脆弱也放在你心上。

里翁．拿破崙

信裡頭的一字一句都能感受到里翁的矛盾及痛苦。彷彿躁和鬱的惡魔透過文字也啃食到我這來似的。拉爾和妮可不斷問我怎麼了，我卻無法回答。

「沒事吧？」托奇拍著我的肩膀才讓我緩和。總覺得侍者龜能讓我安心下來，這似乎是個寶貴的能力。

「里翁大人說了什麼嗎？」同行的還有昨天在實驗室見到面的將軍薩卡。

「噓寒問暖而已，還有就是希望我儘快甦醒能力來打出勝仗。」我說了謊，這也是里翁的謊。

「是嗎？」薩卡心不在焉地看著馬車外的風景。

「為了避免幽靈又干擾我們，薩卡先生是此行的護衛。」拉爾說。

「讓將軍護衛我們會不會太小題大作？」我說

「怎麼會？」從薩卡的言語裡感受不到任何溫度。

「薩卡先生的封印能力是神廟裡頭數一數二的。」妮可說。

馬車依然劇烈搖晃著，所謂避震功能的重要性在這個世界被凸顯出來，不過動物們似乎對這些小細節沒特別留心，從神廟的電梯那件事我就能注意到。

和來的時候相反，馬車這次往森林駛去。平原仍被太陽和煦地照耀著，吹拂著的微風突然像蒸發一般失去了蹤跡，沒了風，連呼吸的氣息都聽得一清二楚。空氣燥熱起來，不意外地很快就汗流浹背了。隨著距離森林越來越近，便能明確地感受到快速的季節變化，這是前幾天感受不到的。

「森林」是很變化多端的。托奇說。

「『森林』的變化有時候連我們也捉摸不定。」拉爾說。

「可能昨天是炙熱的夏天，隔天起床就發現森林被銀白世界籠罩呢。」妮可說。

「『森林』的天氣是由誰決定的？『森林』嗎？」我說。

「『森林』對我們來說有很多含義，」薩卡迅速地站了起來抓著窗戶旁的把手。拉爾對我使了眼色，意思好像是：幹嘛哪壺不開提哪壺。「有著大地的意思，或是世界，是神，也是一種救贖。規定、法律、詛咒，都是由『森林』制定，有時候我覺得連我們的命運都是由『森林』決定的。所以我才會研究盡頭，我一直在想，會不會那位『神』，其實就在森林的盡頭等著我們，等著我們去找到祂。」

「我記得那份紀錄上到過盡頭的動物叫比爾對吧，他後來怎麼了？」連妮可都開始對這問題產生了興趣。

「那份紀錄是至今兩百二十多年前的，要說久也不算久，不過卻沒有任何文獻顯示他後來的行蹤。研究室裡頭也沒有任何動物知道，包括長壽的龜族。」薩卡說。

「比爾，當時可是轟動一時。大家都在傳他是不是騙子，但他信誓旦旦地形容盡頭的模樣，相當逼真的感覺。」托奇說。

「托奇先生，您相信有盡頭的存在嗎？」薩卡激動地問。

「誰知道呢？畢竟沒有親眼見證過，不過我相信你，薩卡，只要你能找到，我就會更確信了吧。」聽完托奇先生說，薩卡相當滿足的坐下，嘴上還喃喃自語說著沒錯、相信我就對了的詞語。真令人佩服托奇先生的應對技巧。

雲就像是被快轉似地以異常的速度在天空飄浮著，馬車也進入了森林。森林有分為入口森林、聖沐浴森林、食物森林、猛獸森林等幾種，我們現在進入的就是入口森林，而目的地阿法森林則是聖沐浴森林，拉爾解釋著。入口森林比較單純，以樹木種類來說幾乎以單一種為主，也不會有動物棲息在此，只不過森林內似乎有什麼在騷動著，若沒有清楚路況的動物指引很容易迷路，會變得找不到森林的出口，極其危險，拉爾繼續補充：

「入口森林是很卑劣的，每三天會針對森林內部做翻修整理、改變路線位置，像動過一次大手術一樣。幸好我們已經很熟悉入口森林的變化了，今天正好第三天，不用花什麼力氣去思考。」

「難道變換是有規律及準則的嗎？」

「是啊。」

入口森林給我一種捕食植物的感覺，毫無生氣的樣子卻在獵物大意接近時一口吞下。感覺森林會突然張開血口大嘴將馬車撕裂，再將我們鯨吞，這種不安的感覺隨著沈甸甸的空氣不斷釋放出來，並刺激著我的每根神經。

「不大對勁。」薩卡抬起頭，看向窗外不變的景緻。進入入口森林後感覺時間的流動變得緩慢，但可以說似乎過了很久。

「老實說，我也覺得怪怪的。」妮可的語氣顯露出一絲不安。

「明明今天是第三天沒錯……」連擅長將情緒隱藏在水面下的拉爾都面露異色，看來事態是真的往牠們意料之外發展中。

「我們還被困在森林對吧，拉爾。我能察覺到這不是平常狀態！」薩卡將阻隔住車頭及車廂間的門打開確認情況。「喂，司機，我們在森林多久了？」可以聽見司機（馬）的聲音，但因為馬車尚未停下，許多的聲音正劇烈地相互碰撞、摩擦著，所以無法確定牠們間說了什麼。

「被短暫困住了，還是說，『森林』改變了規則？」拉爾喃喃自語著。森林的想法是連動物都揣摩不了，生殺大權都被詭異的氣氛掌握著。

「不管怎麼說，我們都還在『森林』，不要被變化給嚇著了。」托奇說。經驗及直覺是一種相當牢靠的精神力，托奇正在證實著這件事。牠打開窗戶，向前方和後方確認，緊接著朝前方司機及薩卡的方向大喊：

「司機，千萬別停下來，停下來就完蛋了，是『進食』，入口森林的多愁善感！」

「『進食』？」

「我也是第一次碰到『進食』……，之前只在書上看過。那是一座森林瀕臨崩潰時才會發生的不得已事態。森林會封住出口，將闖入者困在別的次元裡，慢慢地剝奪他們的身心，用最噁心的方式吞噬獵物，」妮可因為忘記換氣而將話語哽住，當她吞了口口水並吸了一口氣後繼續說：

「但照理說那不常見才對，對吧？拉爾。」

然而拉爾沒有回覆，牠正閉眼沉默著。

「喂！」

「安靜點，我在思考方法。」

「現在有什麼方法？這是『進食』欸？」妮可說。

「托奇先生，『進食』才剛開始對吧？」拉爾仍閉著雙眼朝托奇的方向喊道。

「恐怕才正準備要進行而已。拉爾，要麻煩你計算一下了。」

拉爾有大概十秒鐘的時間陷入沈思，所謂的計算是指什麼，就目前的狀況也不宜開口詢問，我什麼都做不了，只能在一旁注視著。

「薩卡先生，告訴司機就現在的方位做修正，往兩點鐘方向移動吧。」沒多久拉爾就睜開眼往薩卡的方向大喊著，計算應該是完成了。

「認真的嗎？右上角的方向是死路吧？」薩卡站在門口疑惑地問著。

「是的，現在那裡應該是出口。」

黑暗的盡頭伴隨久違的些許日光，從樹葉及枝頭間直射到馬車裡的木板上，習慣了入口森林的陰暗後反而有點不習慣這刺眼的光。穿越森林之後映入眼簾的是曲折的山路，山與樹林層層交疊，分不清楚是山還是森林的詭異景觀。周遭一片亂糟糟的，不用說有生機，甚至說是剛打完仗的戰場我都相信。像被雷劈的俐落斷面的樹木，原本看起來應該要是草地的地面卻禿了一片，只要馬車踩踏過的土地便塵土飛揚。

「所謂的計算是指方位的計算嗎？」

「正確來說是感應相對位置的計算。」

「感應誰的位置？」

「雷恩，三十年前迷失人類的位置。不是說過的嗎？他人就在阿法森林。」

「這是屬於動物的能力嗎？」我問。

「是啊，但只有相當少數的動物才擁有能力。」

「我真的快嚇死了，為什麼會碰到『進食』？」妮可癱軟地跪在地上。隨後從後方傳來一聲巨響。

「『進食』開始了，這座入口森林也即將死去。」托奇說。

森林的樹木就像抽蓄般痛苦地集體扭動著，樹幹像要融化似地以誇張的擺幅晃動。由於是整座森林一齊扭著，畫面相當壯觀，接著一根接著一根地腐蝕。到剛剛為止仍虎視眈眈的森林就這樣崩毀，如灰一般化為粉塵，成了虛無淡化在大氣裡頭。緊接著突然燃燒起來，天空被竄出的血色給染紅。

「沒了入口森林，那塊地會變得怎麼樣？」我說。

「這一帶會變成『地獄』，暫時無法接近。」拉爾說。

「我可能還不太了解。」我攤了攤手說。這是最基本的一種放棄的精神。面對著接踵而來看似熟悉的名詞，翻了字典卻發現根本不是這個字義，彷彿被某種漩渦狠狠地捲入，錯誤則是氧氣，我只能依靠錯誤活著，最終被捲到莫名的荒蕪。

「無所謂，我也不了解。」拉爾說。

「那最好，大家一起不了解是最棒的。」我說。

森林仍炙烈燃燒著。

不知道我胸口的星星還在不在，那閃耀的星星碎片。

我不清楚這不時入侵到我夢境的星星到底意味著什麼，或許壓根與心理或占卜學沒關係，只是「森林」的惡作劇罷了。我不禁想著「森林」是不是要告訴我什麼，總覺得它一直透過一些媒介在傳達給我某些事情。

我嘗試睡著，嘗試再去捕捉那個感覺，頭確實沉甸甸的，不過卻不怎麼成功，看來還是沒辦法想睡就睡。

馬車意外地不再釋放出噁心的震動，超乎想像地沒感到暈眩。

我開始想起自己剛開始在森林迷路的事情。應該是迷失前的記憶，但屬於比較後段的部分。在那段期間我的思想的完全沒有「我」這個概念，也就是說當時我正一步一步地喪失關於自我的意識，這是屬於迷失的一個徵兆或現象嗎？那在之前的記憶呢？我在記憶庫翻翻找找卻又沒找到什麼不對勁之處，然而有時又覺得記憶斷斷續續地浮現又消失，到這裡為止我真的不確定那些關於我的記憶究竟是正遺失呢還是被外力侵擾而混亂著，完全不知道。

「再過不久就到阿法森林了。」拉爾說。

「你的感應能力還是一樣精準，是吧？」薩卡說。
「同時頭也會像被石頭敲擊似的疼痛。」
「不過我是真的沒想到感應能力也能用在『進食』上。」妮可說。
「『森林』有它的法則在，有時候我們會對萬物感到毫無頭緒。」托奇說。
「等到了入口，就只能你一個人進去森林，雷恩會在裡面接應你，再來的就端看你自身了。」拉爾說。
「沐浴點對動物們來說的用途是什麼？」我說。
「洗淨身體，也洗滌心靈。是我們信仰的一部分。另外若要更改刺青，也必須透過沐浴洗掉。」薩卡說。
「那我可能會在阿法森林遇到動物嗎？」
「不會，至少你的沐浴點比較特殊，動物們會避開的。」
為什麼，我問。
「因為那裡附近有『地獄』。」拉爾輕描淡寫地說。
血紅的顏色無情地占據了天空，侵噬了原本清澈的藍，一點一點地將之染紅。無辜的雲朵被迫佈滿血絲，整片大地也只能映照出這壯烈的朱紅。拉爾牠們說是因為阿法森林的某一部分死去而變成「地獄」導致天空變紅的。
那為什麼我必須去距離「地獄」那麼近的地方呢？而且還是一個人？我逐漸踏入那血紅，讓我的身體染上那絕情的顏色，彷彿跳進血庫裡頭沾滿血漬。

「聽好，你一定要記得，從入口進去後筆直地走，千萬不要走歪，森林沒有岔路，但路會自己彎曲，彎曲道路的終點正是『地獄』，所以你只能直線地走的。」拉爾告誡著。

「這算什麼？也太困難了。」我無奈地攤手，不但要想辦法恢復記憶，還得在自己心中放一台指南針。對於過多的苛刻要求我實在是敬謝不敏。

「對，很難，但這是你們人類必經的過程，能力的甦醒本來就不是簡單的事，相信我，每個人類都是這樣子過來的。」拉爾的口氣像是安慰。「至少你有很多時間。」

「很多時間？」我說。

「反正不急，你只要先見到雷恩接下來就能上軌道了。」

「為什麼雷恩不出來森林接應我，這樣不就能少了些風險嗎？」

「這不妥當，」妮可說。「雷恩是一個大路痴。」

森林的入口一片寧靜，若無視掉上方血紅的天空及伴隨的火焰躁動聲。

進來之後我一直伸著手往前方，雖然看起來很蠢，但我覺得唯有這樣才能察覺一點角度的變化。阿法森林的走道相當寬敞且易於行走，像是有動物維護過的樣子。兩旁的樹林間的盡頭則是一片黑，明明是如此的漆黑卻又令人安心，也許正是這純粹的黑才能隔絕著其他動物。而那頭頂上的血紅不知道何時會從天而降。

我想我一直筆直地走吧。我的直覺在混沌中蠢動著。我根本無法確定我是不是在軌道上。

那些記憶一直在腦袋裡碰撞著，像在讓我辨識、或給我刺激。渾身的不對勁透過神經流竄於全身。我想我總有一天要找出裡頭的一點蛛絲馬跡。

原本與手平行的道路在某一段和手之間產生了角度，明顯路線彎曲了。但到底該不該持續筆直地向前走讓我產生了猶豫，畢竟寬敞明亮的道路在眼前不走而走向黑暗的林子，怎麼想都覺得矛盾。

此時想起了進入阿法森林前托奇所說的話：

「如果困惑時，就走向黑暗吧，這是阿法森林的原則。」

現在想想似乎就是套用在這情境，於是我索性往黑暗中走去，越走越黑，伸手終於不見五指。我決定先暫停思考，思考是畏懼的源頭，我選擇相信直覺，也越覺得黑暗開始變得可愛。黑暗中浮起好多臉：鸚鵡和濺血的狼、雙眼空洞且失能的動物們、全身皺摺的老犀牛、活了千百年的龜、守衛的貓與狗、看著相框的獅子將軍、瘋狂科學家的老鷹還有只在相片裡頭見過的躁鬱症的獅子，最後就是冷靜的公熊及嘴巴惡毒的母熊。這些動物都不那麼像動物，反而更像是人類，只是外表多了點粗獷味。牠們也具有各自的故事，彷彿自成一本繪本，自動打開並翻閱，好像迫不及待地想讓我知道牠們的悲傷及快樂往事。但說實在我才不屑，我只覺得煩躁，那不是我該知道的。黑暗讓我坦誠了內心真正的想法，這令人覺得十分痛快。漸漸地我不再伸起手，完全憑著感覺走，走偏了也就罷了，「地獄」也就來吧，打從一開始就沒順著我的意走。

我的意識和身體正相互剝離著，無止境的黑讓反應像中毒般遲緩，就連地面的觸感都變著詭譎，應該是草地卻像是泥沼，我的腳好像一步一步陷下去，有什麼在阻礙著。應該是草地卻像是泥沼——這想法又再次浮上心頭，想讓右腳抬起左腳卻跟著陷下去，我越掙扎就越往下沉，標準的泥沼。真的是泥沼。異想天開想用手去支撐，萬萬沒想到連手也跟著一起陷入。我真愚蠢，我在心裡想著。天哪，好噁心的感覺，既不像液體也不像固體，在兩者之間的泥沼。無力感越來越重，於是便讓整個身體放鬆，順著感覺下沉。「這樣也好。」我說。我不確定我有沒有說出口，只覺得有這樣的聲音在我耳邊迴響著而已。總覺得到脖子了，只剩脖子以上沒被泥沼困住。

「伸出手。」有個聲音嘗試傳達給我。

沒有用，我說。我被困在泥沼了，手伸不出來。我依然不確定自己有沒有說話，也許只是腦海這樣想著而已。

「伸出手。」聲音仍然傳遞到我耳邊環繞著，「稍微用力一點就好。」聲音這麼說著。

於是我試著使勁力氣讓手掙脫，結果手意外地輕盈。黑暗中抓住了某隻陌生的手，整個意識及世界被衝擊著、光與影的交映、黑與白的交互間，可以感覺到力量不斷地從那隻手湧入我的身體，意識到腳踩在固體上，是在我踉蹌地跌倒時。這次倒在草地上，我很確定是草地，青草及泥土味撲鼻而來。眼前有了光亮，來自火把的光亮，是人類，人類拿著火把。他疑惑地看著我。

「我猜你就是雷恩，對吧？」我的口吻略不確定。

「你是這次迷失的人類吧？名字是？」雷恩說。我告訴他我的名字後，他一言不發的轉身。

「過來吧。」他示意我跟上後便往後走。

「你一直住在這裡嗎？」我說。

「與其說住下來，倒不如說是離不開。」

「為什麼？」

「因為我是路痴。」他笑著說。

兩人在火把照耀著的林間行走著，火光中的雷恩正如托奇所形容的是一位年約五十到六十歲的男子，長滿蒼白的中長鬍子，老朽而充滿皺紋的皮膚上有幾道傷疤，看似蒼老卻能從身材及整個人釋放出來的氣場看出他並不弱小，有股活力在其身體裡頭蓄勢待發著。這也是我第一次在「森林」遇到人類，雖然是陌生人卻讓我覺得安心，也覺得真實不少。由所有的不真實聚合而成的動物們的一張張面孔又再次浮現。

「你，當初迷失時應該很驚慌失措吧？」雷恩說。

「說什麼當初，其實也才大概一個禮拜前的事而已。」我說。

「這麼快就到這一步了嗎……以進度來說很快嘛。」

「雷恩，我就開門見山地問了，因為這裡的動物永遠不給我直接的正確答案，總是讓我迂迴地走，這樣的速度算快？我不知道，我只想知道我何時才能離開，到底該怎麼樣才能離開？里翁先生說你可以幫助到我。」

「里翁……那傢伙嗎？真是給我添麻煩啊。沒有一定成功的方法。」雷恩若無其事地看著前方。

熒亮的火光自己形成一個防護罩，被那溫暖保護著的我們及我們之外的黑暗之間，好像隔著很大、很深遠的海洋似的。我不想再追問下去，厭倦了這種沒有盡頭式的對談，既沒有效率又折騰人。雷恩似乎也不想繼續了。

「離開的方法其實每位迷失的人類都不盡相同，早我二十年前的人類她的離開方法跟我就不一樣。」

「她的方法是什麼？你的方法又是什麼？」

「唯有這個，」雷恩舉起了手伸出食指比著「唯一」的手勢。「唯有這件事不能透露給你，因為可能會不慎給予你錯誤的方向。」

「又來了，持續地迂迴。」我不耐煩地說。

「不對，這不是迂迴，這是一種保護，保護著你跟我不會受到『森林』的攻擊。」雷恩說。

「『森林』的攻擊？」

「你以為『森林』不會傷害你嗎？『森林』為什麼不傷害我們一定有它的理由。」

「理由？」

「我們有『森林』沒有的東西。」

「能力，對嗎？」

雷恩接下來便不再開口說任何一句話。我的能力將是逃離迷失的關鍵，接下來是我自己的問題，我想他是想這樣傳達這樣的線索給我的。火把的火焰熄滅時，剎那間黑暗再次襲擊覆蓋住視野，被夜神再次剝奪了視力。

到了，雷恩說。但我什麼都看不到，我說。

「你必須睜開眼，閉著眼當然什麼都看不到。」

光從眼前朦朧又曖昧地微微透入，不可思議的是原本無止境的漆黑竟轉變成五彩繽紛的世界。仔細一看這裡還是森林，周圍仍被樹林圍繞著，但每棵樹的顏色皆不盡相同且閃爍著，不時還會切換顏色，就像夢幻的聖誕嘉年華。我瞧了一下天空，天空被七彩點亮著，甚至星星都散發出無法形容、具跳躍感的前衛顏色，「地獄」的血紅天空彷彿被拋到千里之外。我被眼前這超現實的景致嚇到一句話都說不出來。這裡確實不真實，但卻和「森林」的不真實有著天壤之別。這裡充斥著一種懷念的情懷，我不由得認為是雷恩的傑作。

「怎麼樣，我的世界不錯吧？」雷恩像是展示著自己的收藏般誇耀著。剛才沒注意到，雷恩身後站著一位穿著西裝的羊駝。羊駝無表情地看著我說：「抱歉，雷恩是個蠢蛋。這裡是雷恩所創造的世界，啊，忘記自我介紹，我是卡帕爾，雷恩世界裡頭的無趣上班族。」

有趣的是名叫卡帕爾的羊駝的臉上沒有一點人類的輪廓，徹頭徹尾的羊駝。

「上班族？」

「重點不在這吧？怎麼樣，我的世界。」雷恩說。

「這是你的能力對吧？」我說。

「正確一點來說是顏色及美感的『創造』，我能做的只有這樣。」

「不過卻意外地發現可以阻絕外面的世界。」卡帕爾說。

「應該說這是我本來的用意。不過不用搶著幫我介紹也沒關係，卡帕爾。」雷恩苦笑著。

「畢竟我是摸魚的上班族。」卡帕爾仍是無表情。

雷恩帶著我繞了一下他的世界，他稱呼為「烏托邦」，因為在這裡的動物都是厭惡著外頭世界的戰爭及混亂才逃避到這裡，雷恩說。

雷恩的「創造」可以讓他只保留住清澈、美好的事物，而排擠掉那些醜陋的自私及混濁。

「但不代表忘記自己的缺點，擁抱著那些錯誤在這裡過活也是我的堅持。」

在不知道通到哪去的寂寥林子的盡頭，座落著一座遼闊的花園。照顧花園的是鹿及兔子，牠們是姊妹姊妹，分別是小璐及宇莎琦，雷恩介紹她們給我認識。至於為什麼鹿及兔子會是姊妹則是一道謎。

「你嚮往單純的社會嗎？」我問雷恩。

「當你提到社會兩個字就不單純了。」雷恩輕巧地坐在圓木長椅上，「烏托邦是把雙面刃，雖然可以永遠擁抱著這些純粹的無邪，但同時會有聲音在心裡告誡著自己，說其實我只是在逃避而已。」雷恩的雙眼看著小璐及宇莎琦姊妹花玩耍著，眼珠子裡頭滿是和煦、澄澈的光。

「這就是你離不開迷失的原因，對吧？」

「這是拚命拉扯的結果噢，不過說結果不太對，應該說是過程。這裡實在太令人目不暇給，更何況我無法放著這些動物們不管。我擅自把他們當作一種責任威脅著自己，這是一種慈悲嗎？我倒覺得更是我對這種荒唐慈悲的贖罪。」

里翁的信裡頭也有提到贖罪。不管是人類還是動物果然無時無刻都在思考著因果循環的代價。

「這就是你的脆弱嗎？至少你找到它了。」我說。

「是嗎？我跟你說。」雷恩停頓一會後說：「所謂的脆弱並非只有一種，也不會只是指單件事或某個習慣。」

他低著頭看著草地上的破舊鞋子，彷彿整個烏托邦的能量都正透過地面傳遞到他的鞋子再到他身上。

「脆弱是一個整體性的範圍，可以囊括的東西太多、太多了，所以你是想不起來的，連我也沒辦法全部都想起。」

「所以不用全部想起也能進行沐浴？」

「就只能端看沐浴點及『森林』的決定了。」雷恩說。

「還是我乾脆一點直接去沐浴點呢？」

「你已經接近沐浴點了。」

「難道花園就是沐浴點嗎？」我吃驚地環繞四周。

「不是，不過小璐及宇莎琦是沐浴點的引導者，她們會指引你。」

小璐及宇莎琦不知道什麼時候已經站在我們背後，牠們骨碌碌的雙眼不知道在想著什麼。

「我在沐浴點附近一帶創造了烏托邦，是依她們倆的要求，這樣我們才能避免被虎的勢力闖入。」雷恩說。

「這裡有什麼是虎想要的嗎？」我說。

「沒有，什麼都沒有。」雷恩說。「他只是想破壞不在監控下的沐浴點而已，就只是這樣。」

「虎很膽小，所以什麼都怕。」小璐說。

「正因什麼都怕所以什麼都要破壞掉。」宇莎琦說。

「我已經不是第一次聽到虎很膽小了，到底虎是怎麼樣的動物？」我轉過頭問雷恩，不過他已經不在了，不在圓木椅上。像風一樣無聲地消失。

「虎就是虎噢，人類。兇猛的虎。」鹿的小璐說。牠與宇莎琦的臉孔和卡帕爾甚至其他動物都不大一樣，似乎更接近人類，但要我說出相似的點在哪裡我好像也說不清，可是牠們卻莫名地給我一種強烈的熟悉感，我想這和雷恩的存在多少有點關係吧。

「同時也是很怕死，不過他確實快死了。」宇莎琦說，同時牠那彷彿要將我吸進去的兔子眼睛直視著我。

「妳怎麼知道？」

里翁的信有提到虎應該也知道自己的壽命到了盡頭，所以才如此著急。我一直以為這只是里翁的直覺而已。

「我們一直待在沐浴點，一直感受著『森林』的呼吸，所以知道詛咒正在式微。」小璐說。

「尤其在你進入『森林』後，又更加加劇了。」宇莎琦說。

「這件事雷恩知道嗎？」我說。

「他很忙，所以我們也沒特別告訴他。不過他應該也能感覺到整個『森林』的變化。」小璐說。

「這就像和緩的一陣風突然改變風向，只要活在當下都能察覺到。」宇莎琦說。

我注視著宇莎琦那蠢蠢欲動的耳朵。

五

烏托邦入夜後，七彩的星空將亮度調整至最低，由恆星及行星匯集而成的銀河在夜空中舞動著。灌木林仍像聖誕燈泡似地切換顏色，一會紅、一會綠地交互閃爍。這是烏托邦不思議的夜晚，隨著整點的鐘聲及動物們圍繞在營火的喧鬧，顯得其寧靜特別珍貴。

「每天都是這樣嗎？大家開心地啜飲著。」我說。

「今天比較特別，這是你的歡迎會。」卡帕爾說。

但我沒感覺到有什麼動物在歡迎我，大夥們只是藉機飲酒作樂吧，很符合烏托邦之名。

「不需要想太多，你也需要休息一下。」雷恩說。

「確實，反正你也還沒辦法進行沐浴。」小璐說。

「如果可以，我也能幫你洗澡噢。」宇莎琦身體靠過來嫵媚地說。說起來挺沒禮貌的，但我以為牠身上會有兔子的野味，結果卻香香的。

不用了，我說。我問宇莎琦誰是姊姊誰是妹妹。

小璐是姊姊、宇莎琦是妹妹，但只相差兩歲。

「我們真的是從同一個媽媽生出來的，你相信嗎？」小璐笑著用手往自己臉的方向畫一圈再往宇莎琦的臉前畫一圈比較著。「根本不像，對嗎？」

其實這根本不是像不像的問題，是完全不同種的動物吧？我表達了我的看法後她們一陣哄堂大笑，我真的看不出是玩笑還是真的。

「是真的、是真的，卡帕爾及伯克斯能幫我們做證。」

「我不知道。混蛋。」

卡帕爾顯然已經醉了。

「這是真的，」公鹿伯克斯拾起打火機點起煙。「我從她們出生看到她們長大，她們的母親是鹿噢，但不知道為什麼會生下宇莎琦。」公鹿的伯克斯說。牠的角像分歧的樹狀圖，在火光前就像是美術館的鹿角藝術品。

「太過分了，伯克斯哥。」宇莎琦一副裝得很無奈地說。

來到「森林」後第一次笑得如此開懷。在這裡的動物沒有企圖及目的，相處起來不需戒心，是如此放心地交往，和拉爾牠們不一樣。我能了解雷恩放不下烏托邦的原因了，雖然這不是離不開的主因吧我猜。

「人類，你要不要猜我們幾歲？」姊妹花喝到興頭上的樣子，兩隻一起湧上來，空氣中濃郁的酒味和一點汗味在相互摩擦著。

「二十七跟二十九。」我說。

「咦，太厲害了吧，竟然一猜就中。」牠們倆一副驚慌失措的模樣十分逗趣。

「因為這是最性感也最青春的年齡。」我說。

森林就像調色盤似地到處塗抹繽紛的色彩。夜幕有點下沉，讓星夜的黑能稍微一點點地覆蓋住烏托邦，雖然充其量只是襯托星星明亮的光輝而已。到處都是四散的酒杯及凌亂、吃不完的食物還有一隻比一隻醉醺醺的動物們。唯二清醒的就是身為人類的我和雷恩。

「動物的酒量意外地差，對吧？」雷恩說。

「不過托奇先生是例外吧？」我說。

「還有凱爺爺，千萬別跟他拼酒，千年累積下來的酒量可以堪比水塔深的。」雷恩笑著。我們兩個一邊收拾著動物們留下的殘局一邊念著舊。

「拉爾和妮可還好嗎？」雷恩一邊把垃圾收拾好一邊問。

「好得不像話，牠們就在森林入口而已。」

「那諾可及薩卡呢？」

「一樣好。只是我對神廟裡頭的大家也還不熟悉，我才迷失一個禮拜。」

「你有說過。那我們的世界呢？現在是怎樣？我有三十年沒回去了。」

「我想說不定和你離開時差不多，人們爭吵一樣的事情、開著稍微進步的車子。最大的差別應該是科技的日新月異吧？現在的電腦及手機已經十分普遍了。」

「是嗎，這我就無法理解了。」雷恩兩手一攤。

「我也不確定我理解多少就是了。」我笑著。

「無所謂，根本不重要。」雷恩發出相當具穿透力的笑聲。如果是淺眠的人應該很容易就被那深層的音波震動吵醒，不過醉倒的動物們仍舊昏睡著。

在收拾完之後我和雷恩兩人坐在火光漸弱的篝火前一面喝著未完的酒、一面望著純粹的火炎。被映照在眼球裡的火焰之中，好像有什麼更深沉的難耐情緒在掩飾著。

「我創造這個世界，還有另一個原因。」

「你其實，根本沒完全想起來關於自己的事，對吧？」

聽完我的推測，雷恩的眼睛仍深摯地看著似黃似紅似藍的火團。

「是啊。」雷恩說。「就像你說的，我的記憶恢復得不完全。它被分裂得太細微，沒辦法全部收回，一片一片四散的記憶就像雲一樣飄呀飄，風一大，就被吹得更遠。而我的情緒只要一旦有波折或起了漣漪，記憶就飄散到更外圍的地方，已經到了我的限制範圍外，那是不論怎麼跑都捕捉不到的。」

「記憶曾被鞏固過嗎？」

「一開始可以，可是到後來就真的越來越懷疑自己是不是想像中的那樣，會覺得一開始所認定的自己會不會也是錯誤的。就這樣在認知與質疑的交錯中，我漸漸覺得自己或許是從宇宙中某顆星星炸裂後在其碎片裡頭誕生的了。也就是說，關於自己的事根本不重要了，我怎麼去看待眼前的事物才是重點。」

「你甚至創造了自己的記憶？」

「可以這麼說吧。因為過了幾十年的現在，腦袋所謂記憶的這個儲存空間早就人去樓空了。曾經最重要的巢穴如今也成了斷垣殘壁。所以我自己創了記憶，創造了家園，創造了一切。」

「我正經歷著懷疑的階段，也覺得記憶在一點一點流失中。」我說。

「如果你是要問我該怎麼做之類的話，我恐怕很難給你什麼建議，畢竟你看看我，也是在逃避著。在什麼都想不起來的時候逃不逃離迷失便不再重要。只會感到恐懼噢，恐懼，會滲入皮膚到你血液裡頭的那種恐懼。」雷恩說。

「如果想持續順暢地回想、思考的話，那是不是就能在腦海裡建築出一個空間呢？就像你說的巢穴，一個記憶的巢穴。」

「可是問題就在於什麼樣的房子都有破洞，什麼都會遺失呀。」

「是嗎？」

「是啊，一切都很諷刺，我創造的一切，或許都是虛假的。」

我不確定雷恩有沒有醉。他蒼白的鬍鬚在繽紛、跳動的森林及星空相互照耀下顯得特別孤獨。同樣寂寞的還有脆弱的營火，作為火種的木材持續地發出啪搭啪搭的燃燒聲像被扭曲的時鐘所發出的秒針轉動聲一樣不停歇，流露出不願迎接宴會的結尾。

一早，從被窩裡頭傳來的溫暖讓我更加難以爬起床，這熟悉的感覺令我想起自己祖母家養的貓，在寒冷的北國冬天抱著那隻貓在被窩裡頭睡覺是最舒服的一件事。記憶就像身體上的餘溫穩固地溫存在我的記憶巢穴裡。然而在棉被裡頭的不是我熟悉的貓，而是兔子宇莎琦。

「宇莎琦，為什麼妳在我被窩裡？」我看著被窩裡頭的兔子說。

「咦，當然是跟人類睡比較溫暖呀，還用說嗎？」宇莎琦不解地說。

「不對，反了吧，妳們有皮毛根本不用擔心冷吧？」

「那你要不要多多仰賴我的皮毛，呵呵。」

她笑著跳出我的床，可以看得到空氣中的兔毛飄散著。

我走出烏托邦的閒置小木屋，迎接烏托邦的早晨。光彩奪目、被多樣色彩渲染的烏托邦的早晨。動物們勤勞工作著，雖然我不確定他們在忙什麼。

「烏托邦居民們的工作，當然是維護整個烏托邦嘍。河川及草地的清理、橋樑的修建等，可以做的工作很多。」

宇莎琦跟所有動物一樣，都能猜透我心中所想地解說著。

「也包括烏托邦之外嗎？像是阿法森林的其他地方。」

「那裡好可怕，我才不敢去。不過雷恩和騎士團確實會定期去整修。」

「妳也知道騎士團嗎？」

「烏托邦的大家都知道噢。」

我以為這在烏托邦也算祕密。

「話說他們最近也會去『地獄』呢。」

「去『地獄』？」

「『地獄』也有需要維護的東西吧？」宇莎琦坐在小木屋門口前的欄杆上。

是重要的東西嗎？我問她。

「嗯，算吧？其實我不知道。總之是很麻煩的東西，也許有一天雷恩會帶你去看。」

「那妳的主要工作是什麼？」我說。

「你是笨蛋嗎？昨天不就說了，我是沐浴點的引導者。」宇莎琦既火大又無奈地說。

不說我還真的忘了，我很乾脆地道歉。

「我們的工作就是要讓你找回你的脆弱、讓能力甦醒。」

「動物的脆弱也和我們一樣這麼麻煩嗎？」我說。

「我想大家都一樣吧，但你們是迷失的人類，感覺程度上高明一些。」宇莎琦說。

「真不知道是褒是貶，不過還是謝謝。」我笑著。

「所以呢，你覺得你的脆弱是什麼？」宇莎琦從欄杆上跳下來，步下臺階看著我說。

「不知道。」我聳著肩，我是真的不知道。

「我覺得可能是渾然天成的愚蠢。」宇莎琦用純真的語氣說。

「我很抱歉。」

原來兔子是如此狠毒的動物，再次長知識了。

雷恩請小璐來傳話，說在花鐘那邊等我。宇莎琦有要務得忙，就由小璐帶路。

「你可不要對我妹下手，就算她是可愛的兔子。」小璐說。

「怎麼想都不會吧？我是人類。」

「我聽說以前就有迷失的人類和動物結婚生子。」

「真的假的……」

「我們只是有著種族上不同，在器官上或多或少有些差異，但以相互結合來說是沒問題的，繁衍後代跟種族無關。」

「妳是認真的嗎？說實在我從來沒想過這些事情。」

「一半一半，因為感覺你不可能有興趣。不過，真的有人類與動物結合的後代噢，我曾經見過那孩子。」

「你是指人類和動物的混種嗎？原來真的有這種人存在。」

「混種這種說法真的好傷人。我也是在幾年前的某座森林巧遇他的。大概十歲左右的男孩子吧，我不太能判斷你們人類的年紀。如果我記得沒錯他是人類和鯊魚所生下的子嗣。」

我用一副不可置信的表情看著小璐，她看見後很打趣地說：「嘿，我說過吧？就算是鯊魚，在器官上也不會和你們人類差太多。不要用你們世界的思維來看我們。就算是鯊魚也能跟你交配的噢。」

「別讓我想像這種事，拜託。」我說。

「你真的不知道在『森林』，鯊魚女性代表著冷艷美女嗎？」這次換小璐用詭譎的表情看我。

「我真的不知道。」我攤起手。

烏托邦的氣氛圍繞著些許的溫暖、些許的愉悅。

這裡的動物不算多，卻好像已經飽和，不再需要任何多餘因子的加入。大家都是滿足的，現況有沒有改變都無所謂，名副其實的烏托邦。

雷恩真的創造了不得了的地方，來這裡後我第一次這樣覺得。穿越過密集的七彩灌木叢後，色彩的變換逐漸平穩起來。這一帶的顏色象徵著烏托邦少有的悲傷，小璐說。溫和的白淡淡地浮顯在樹幹上後，然後又慢慢地消失並切換成天空的徹藍，藍像伸出觸手似地擴展其範圍到樹葉上，然後呈現整體的色彩平衡。一陣花香撲鼻，三色堇在腳邊不遠處整齊並排綻放，花色相當豐富。

「既然看到三色堇就表示花園在前面而已。」小璐說著便停下腳步。「接下來你就自己過去吧，雷恩應該是要和你討論關於能力的事，而且我不太喜歡花鐘。」

「為什麼不喜歡花鐘？」我說。

「祕密。」

烏托邦的悲傷，小璐是這麼說的。為了躲避「森林」及自己記憶的干擾，雷恩創造了烏托邦。在這些表面上的單純無暇背後又隱藏著多少看不到的眼淚及憂愁，那是雷恩所沒說出口，或沒辦法說出口的。

三色堇的花園僅有一條明顯的道路，花鐘則橫躺在花園最中央。花鐘的外圈由黃色三色堇組成，每一個數字的花色也都不一，時針及秒針也是由花朵組成，以不可思議的動力驅動著，雷恩躺在旁邊靜靜等我到來。

「我剛才從『地獄』回來。」

這裡平常似乎不會有動物來，所以即使僅聽到腳步聲，雷恩也知道是我。

「我有聽宇莎琦說。但為什麼要去『地獄』呢？」

「你認為為什麼會有『地獄』？」

「不是因為森林的死去嗎？我們在來的路上有碰到入口森林的『進食』，森林死亡後整塊地就會變成灼燒的地獄。」

「你們運氣真差，我可從來沒碰過。動物們對『地獄』的了解有限，因為自古以來動物都不敢接近『地獄』，因為他們很怕『地獄』燃燒時的藍色火焰。」

「不是血紅色的火焰嗎？我看不論哪個『地獄』，其上方的天空染著鮮血似的紅。」

「不對，」雷恩說。「火焰是藍色的。你所看到的血紅是天空吸取了森林的血所映照出的顏色。『地獄』的火焰是無情的藍。我在迷失後的幾年曾因某起事件和薩卡探索過幾次『地獄』，當時的火焰顏色都是藍色，我也透過薩卡的研究知道動物很害怕那種藍色火焰。我想里翁有和你說了吧？我培育了一支騎士團，菁英騎士團。」雷恩說。

「對。」我說。

「我和騎士團一直在調查『地獄』形成的原因。我想懼怕著『地獄』的動物們應該對藍色火焰沒轍，若能取得他們所畏懼的東西作為武器，對烏托邦的防衛也有益。」雷恩頭瞥向花鐘，眼神稍稍地略轉憂鬱地說：「只是我一直很擔心一件事。」

「什麼事？」

「我擔心『地獄』其實是某種能力的延伸，其目的在於奪取『森林』的資源。」

「這太胡扯了吧？我可親身經歷過，那……」

會不會是針對我，森林才開始「進食」的念頭瞬間閃過腦海，滲進我全身每一處。

「就我所知，『地獄』在形成之後會維持幾天的『崩毀倒數』，過了倒數後『地獄』會被『森林』吞噬消失。然而阿法森林的『地獄』卻維持了好長一段時間。於是我近期開始著手調查，果不其然，火焰的顏色不一樣。在這座森林燃燒的『地獄』火焰顏色竟是黑色，很奇妙的黑色，我不曾見過。」雷恩說。

「但如果只是顏色的不同也不能斷定是能力造成的吧？說不定是某種演化的過程。『森林』有著它自己的法則，不是嗎？」我借用了托奇說過的話。

「確實，我一開始也這麼想，直到我看見了人為的痕跡。」

「痕跡？」

「黑色的火焰正在形成字，我不知道為什麼會這麼突然，我想也有可能是操作上的失誤，總之情報隨著這些字的組成也一一透露出來。『三天後在坎城堡見，帶上你該帶的訊息。』、『等我處理完高登平原的動亂後，再和你會合。』高登平原是距離虎的領域最近也最大的平原，坎城堡則在領域旁的一座廢墟城堡。

這兩個地點都和虎有關聯，於是我怎麼想都覺得這是虎陣營動的手腳，也就是某個人或動物能夠創造山寨「地獄」，並讓血紅的天空及黑色的火焰吞噬其周圍。阿法森林裡頭的「地獄」很可能是作為引出烏托邦的手段，而你在入口森林遇到的「進食」也相當可能是一種攻擊或恐嚇。」

「帶上你該帶的訊息，這句話怎麼感覺傳遞對象好像是諜報人員之類的角色，對吧？」我說。

「我也在想這件事。」

我對於間諜一事到底該不該和雷恩說陷入兩難，畢竟里翁說過不要和任何人或動物說信的內容。我還是決定先把這件事藏在心裡。

「那動物見到黑色火焰有什麼反應嗎？」我說。

「沒有，完全沒有。果然還是要藍色的火焰。我打算最近去探索看看附近的原生『地獄』並收集些藍色火焰。」雷恩說。

我找了個空曠處坐下並盡可能不要壓到地上的三色堇。雷恩閉起雙眼好像陷入了深沉的睡眠裡頭。

「嘿，雷恩，你打算繼續待在這裡幫著獅子陣營嗎？你明明可以逃離迷失了。」

「我其實不是為了獅子陣營，我是為了烏托邦。況且我跟你說過了吧？我找不到離開的理由，因為我在這裡耗去了太長久的時間，記憶也喪失了不少。如果你真心想離開我建議你越早越好，否則有些東西會逐漸地如捧在手掌上的水般流失。」雷恩說。

「所以我很拚命的想解決這一切。」我說。

「我想也是。」雷恩苦笑著。

隔天，小璐和宇莎琦陪我去看看位於烏托邦深處的水晶。

在這幾天的觀察，姊姊小璐比較沈穩，平時就像平靜的水不會輕易泛起漣漪，卻能在談吐之間隨意地變換水的樣貌，什麼樣的話題都能巧妙地銜接下去，讓人能輕易地和她相處，雖然時不時會開起令人分不清是否是玩笑的玩笑。宇莎琦則大部分時間都在嬉鬧著，若同樣要以水形容她應該就是瀑布底下最動盪的水波。承受著從高處沖下的瀑布讓她的形狀不太穩定。也許是長時間籠罩在姊姊的陰影之下（我不確定就是了），讓她的言語像是潛伏在水中的炸彈，不定時地濺起五層樓高的水花。至少她對我說話是這樣，我想這算私人恩怨。

一汪湖泊的正中央有座如高塔似的長柱體透明水晶聳立著，這就是所謂的沐浴點，湖看起來不深，非常清澈，但實際深度用肉眼看也不準。

「這算是先來見第一面吧？我想之後還會見很多面喲。」小璐說。

「我想這樣也不錯。凡是總得踏出第一步。」我說。

「我覺得沐浴點就是能量點噢。小時候當我因為那些無意或有意的冷言冷語而受傷時，只要一直注視著水晶的最中央，就覺得水晶裡頭有什麼東西被具現化，伸出了透明的手慢慢地、緩緩地進入我的身體，正確地說是進入我胸口。好像是取走了什麼，也許是抽出了模糊的、破裂的傷口，痛楚就淡化然後消逝了。不久，力量也像再次循環到身體似地回歸。好像很簡單地看著水晶，這過程就會發生。」宇莎琦雙眼凝視著透明水晶說。

我能夠感受到透光明亮的水晶有股魔力，好像在那透徹裡頭有個東西能用手抓住，是肉體能掌握到的東西。一方面又感覺到胸口的星星也在興奮著，即使我不確定那夢裡的碎片及微光是否也能在現實和我一同去感受，唯一確定的是水晶裡面一定有什麼，我是這樣想的。

「我現在去觸摸水晶會怎麼樣嗎？」說實在的我有股想立刻下水游過去的衝動。

「也許不會怎樣，畢竟只是觸摸水晶並不算沐浴，不過我還是建議你用看的就好。水晶是很深沉的，隨意地觸摸水晶，我覺得那股深沉會潛入你的意識，現在你的記憶可能還不能負荷。」小璐一邊解釋、一邊坐下。

「那就不算不會怎樣了吧？」我說。

「所以我說只是也許。」

我注意到從幾時開始，宇莎琦一直注視著我，不，應該說好像在看透我身體的什麼部位似的，具有強大穿透力的視線。

「妳愛上我了嗎？」我開玩笑地對她說。

「我可以看見，你心中的星星。」宇莎琦仍把目光聚焦在我身上、我的胸口上。我一時震驚地說不出話來。對我來說，星星是在我意識不清時斷斷續續出現的殘影般的夢，我沒有跟任何動物甚至雷恩說過，但宇莎琦卻說能看到我心中的星星，這讓我對於現實及夢境之間的界線越來越模糊、越來越分不清。

「宇莎琦說能看見，就是真的存在的東西噢。」小璐說。

「或許你們都看不到，不過，水晶裡也有噢，星星。殘缺的星星在水晶裡面微弱地閃爍著。」宇莎琦轉向看水晶。「我總是能看到隱藏的星星。」

「這算能力嗎？」我好不容易開了口卻問了這無趣的問題。

「不知道。但我覺得『森林』和星星是有密切關連的。缺一不可喲。」宇莎琦說。

「我只在我夢中見過。片段的、不完整的夢。」我說。

「但星星確實在你心中。我想接近了水晶讓兩邊的星星產生了共鳴也說不定。」

但我所認知的抓得住的物體似乎是具有更深邃的面容、更黑暗一點的東西才對，不知道為什麼我有這樣的感覺。

「你認為的現實，或許才是夢。你認為的夢，或許才是現實。」小璐說。

「這種時候妳不要再讓我更頭痛了啦。」我向小璐抱怨。

「即使我沒說話你也早就分不清了吧。」

「這倒是。」

這倒是，我腦袋一片空白。所有不確定的破碎亂象化作龍捲風席捲而來。我需要線索，即使破爛的也好。當風強力地拍打著萬物時，我還能用手上殘破的線索去尋找一絲絲的光。

「宇莎琦，妳所謂『森林』和星星的關係大概是什麼頭緒？」我問。

「我只是能看見星星。而『森林』到處都布滿著星星喲，很神奇對吧？雖然烏托邦的夜空很耀眼，但其實『森林』的天空是沒什麼星星的，因為都躲藏到『森林』各地去了而已。並不是所有動物都能看見對吧，小璐。」

「我想只有妳，畢竟只有妳提過呀。」小璐笑著說。

「也是呢。」宇莎琦輕輕地笑著。

「但夜晚的天空明明都被滿滿的一片星空佔據了，不是嗎？」

「那可不是真實的存在。那是光與影交疊而成的錯覺，像是星星的東西。在『森林』，真正的星星不是能夠輕易被肉眼觀察到的，要用心。話說你心中的星星確實有點糟糕喲。四分五裂的，而且互相爭奪著。」

「這我知道，碎片在我胸口中動亂著。」

「不過卻發出相當奪目的亮光呢，比其他星星都耀眼。」宇莎琦的雙眼如此清澈，別說是泥沼般的混濁，甚至連一點灰塵都無法沾染上的那種純淨。

「既糟糕卻又光彩動人，真矛盾啊我的星星。」

「我剛也有說，水晶裡頭的星光是很微弱的，不過卻十分安分。只是在你來了之後稍微有點波動，你真是特別。」宇莎琦的兔耳朵晃動著。

「這算褒還算貶？」我別過頭問小璐。

「絕對是貶，別問了。」

她這麼說。

星星觸碰著著我心中平淡的湖面。漆黑裡頭的碎片因為無情的爭奪而發出璀璨的光芒。

我感到一陣頭痛。

我無法想像這龐大又未知的世界竟然和如此渺小的光亮連鎖著，天上的星星彼此間產生了長長的鎖鏈，牽動著「森林」的一切，讓萬物隨之搖擺，最後甚至能牽動著我們卑微的一點自信，當所有的美好皆凋零時。

我對於我的脆弱仍一知半解，只能說我可以看見它在水面下的潛影，我還沒辦法用手一把抓出來確認。

從第一次見到沐浴點後的每一天我都自己信步到湖邊，坐在岸邊一直望著水晶，我很希望有個猛烈的印象能強烈衝上我的鼻腔、我的大腦，讓那股印象能徹底貫通全身，然後在痛苦過後就能有一點東西浮現，我是這樣冀望的。只是唯一有進展的就是我待在這裡的天數及浪費掉的時間。拉爾說過我要花多久時間都無所謂，他們會在入口紮營守衛著。但他們知道烏托邦的存在嗎？烏托邦若沒有雷恩的引導就到達不了，這樣守衛在森林入口不就也顯得毫無意義？當我問雷恩這件事時，他說：

「他們不知道，神廟裡沒有任何動物知道，除了里翁。不知道烏托邦的存在也不知道我手上這支菁英騎士團的存在。里翁也和你提過了吧。」雷恩解釋道。

我說有，雖然我沒見到他，但他有寫一封信給我。

「信？」

話一說出口才意識到不能透露的這件事，雷恩睜大眼睛看著我，彷彿從未聽過這名詞似的。在我思考該如何敷衍過去時，雷恩便點頭說：「也對，他情緒不大穩。信上有提到什麼嗎？」

「他告訴我你有培養了菁英騎士團及你有不背叛他的理由。」情急下我挑了幾個較安全而我也好奇的項目。

「混障，他根本把我當成便利的工具吧？」雷恩笑著說。「不對，里翁應該沒這個心思了，我猜他光應付自己就沒有盡頭了。」雷恩喃喃自語著。

「我想我有把柄在里翁手上，所以沒辦法背叛他。」在雷恩簡單而俐落的思考過後，沒有一絲猶豫地說。

「人質？」我說。

「有點像。」他攤手道。

「不過我不了解為什麼要稱呼你的部隊叫菁英騎士團？難道神廟的士兵們弱小到讓你們悲憤到要招募菁英嗎？」我問。

「沒什麼原因，只是因為稱呼為菁英聽起來比較厲害。我想里翁也這麼認定的吧，烏托邦的戰士，純潔的心靈，你不覺得這就是獲勝的關鍵嗎？」

****

我想我在這裡已經快一個禮拜了，進度大概是零。迴盪在記憶及弱點的無限循環中探尋不到盡頭。

「你有看過鯊魚美女的胸部嗎？還是想摸我的胸部？」或「乾脆忘掉一切和我們好好約會吧。」等挑逗字句不斷地從小璐及宇莎琦姊妹花口中溜出，她們好不容易得到機會有個能欺負及玩弄的對象，每天樂此不疲的圍繞在我身旁打擾著我，我在想這才是什麼都回想不起來的真正原因。

瘋狂變換的燈火仍潛伏在烏托邦每一處，在喧囂嘈雜的派對結束後仍孜孜不倦地燃燒自己的光芒，那是將任何一點皎潔的光投射在影子裡充滿遺憾的微小希望。雷恩無時無刻都在使用自己的能力去擴大烏托邦的核心。過勞使得他的毛髮蒼白，逐漸皺褶的皮膚也應證了他的加速老化。至於他的能力，似乎也開始有所弱化，證據就是這天於烏托邦現身的外人。

雷恩察覺到異樣後，和我一同趕到西邊的農場，同行的還有小璐、卡帕爾及名為摩拉摩拉的翻車魚，順道一提，卡帕爾及摩拉摩拉都是隸屬於菁英騎士團的士兵，尤其卡帕爾著實讓我嚇了一跳。

「你從哪裡來的？這段時間去了哪裡？」雷恩質問闖入的男子。

我不太確定他是不是人類，那帶有神韻的五官確實是人類才有的，但讓我猶豫的原因在於他背上的鯊魚鰭。

雷恩的口氣聽起來似乎認識對方。

「這孩子……咦？」小璐用手摀著嘴，隨後看向我說：「他就是我說的，人類和鯊魚生下的孩子！」

「我以為那是妳幻想的。」我惶恐地說。

「你就是這一次迷失的人類嗎？你的臉比我想像得還要蠢。脫離媽媽的懷抱一定讓你坐立不安，對吧？」混種男子挑釁地說。

如果這是自我介紹那還說得過去，否則作為和陌生人的開場白肯定是爛透了，我心裡暗自想著但不確定有沒有說出口，真希望我不小心說溜嘴。

「你還沒回答我，歐尼爾。」

這名叫歐尼爾的壯碩男子留著飄逸長髮，身高約七英尺，以人類的身高來說很高，至少比我和雷恩高上許多，不過和動物比就不一定，印象中拉爾和諾可也差不多高度。注意看的話會發現他的眼睛上有一道傷痕。

「你老了，雷恩，認清這事實吧。充滿了漏洞的空間，我不費力就能闖入。」歐尼爾說。

「就算你闖得進來烏托邦，我的夥伴也應該在阿法森林入口處把風著，你怎麼可能進得來？」我說。

「是嗎？我進來的時候可沒任何動物。你的夥伴？別鬧了吧老兄。在『森林』，無夥伴可言。」歐尼爾奸笑著。

我一股火上來，雷恩搶先在我之前持著彎刀衝向歐尼爾，這是我第一次看到雷恩使用武器。再次隆重介紹，人類和鯊魚交配產出的雜種鯊魚人歐尼爾，他舉起從方才就握著的長槍應戰。相當刺耳的金屬衝擊聲應該能響亮整個烏托邦，兩把武器交疊住的同時有股風從中釋放出來拂向我們，這陣風給人一種參雜了不少殺氣的錯覺，我從未想過殺氣能透過這種方式呈現出來。

兩人都怒視著彼此，時間好像靜止似的，空氣被無聲填滿，唯獨僵持不下的兩把利器間有著顫抖的摩擦聲，隨時都可能失去平衡，只要其中一方無法達到維持住的力量。

「想不到老了還有這種力氣。」歐尼爾咬牙切齒地說。

「有沒有想過是你還沒到斷奶的年紀。」雷恩不甘示弱地反擊。

明明如此動魄的場面在我看來卻覺得只是孩子王之間的鬥嘴，滑稽不少。

「想不到那孩子長大了。」小璐說。

「我對他倒是沒什麼印象。」卡帕爾說。
「因為我是在外面的森林見到他的。當時滿混亂的。」
「那是指十年前的『奎爾事件』，對吧。」摩拉摩拉說。
「是。」
「那是什麼事件？」我說。
「有位迷失的人類住進某座有村莊的森林，然後和裡頭一位駐村的鯊魚巫女談了戀愛、生下孩子。」
「這算什麼詭異的故事？」我不可置信地說。
「這是真的，我當時見到那孩子時村子還好好的，卻在之後聽說村子滅村了。」小璐看向歐尼爾。「聽說是那位人類下的手，但事實怎麼樣就不清楚了。當時滅村的事件被稱作『奎爾事件』，奎爾正是那位人類的名字。」
「不對！不是我父親做的，是獅子下的手，是獅子將罪過嫁禍給我父親！」歐尼爾怒吼著。
「連我的母親也是在當時被殺死的，兇手正是你們啊。」
「胡扯，你被騙了，混蛋！」卡帕爾憤怒地吼了回去。
「沒有任何證據說是我們犯的吧？你有嗎？」雷恩滿頭大汗地說。看來他體力也到臨界點了。
「當然有，有相當多的證人都指向獅子帶著一群人闖入村子，將無辜的民眾殺死，並嫁禍給我父親。」歐尼爾眼睛布滿了血絲。「只因為我父親選擇相信虎、為虎奉獻，所以獅子就對我父親所愛的一切展開報復。」

「別鬧了，你這是聽誰說的，是聽虎說的吧。」雷恩說完便用力將彎刀往外劃開，破壞了平衡。在歐尼爾尚未將長槍提到胸口時，雷恩的彎刀已迅速地架在他的脖子前。「我不是這樣教你的吧？我說過的是要對萬事起疑心，並詳細調查吧？我明明告誡過你。」雷恩說。

歐尼爾說不出話來。兩人的喘息聲不斷地來回放送著。

「我很抱歉。」雷恩開口道。

「什麼？」歐尼爾不能理解似的。

「那時候我一聲不吭地離開。我想和你好好道別，但實在來不及。所有事情都以迅雷不及掩耳的速度變化著。」

「這不是我想聽的。」歐尼爾咬牙切齒地說。

「是嗎？看來我說太多了。」雷恩仍喘著。

「人類，你們的世界是什麼模樣？」歐尼爾環視四周後看向我說。彎刀仍在距離他的咽喉不到一公分的位置。

「什麼？」

我對於突如其來毫不相關的問題反應不及。

「那是我雙眼不曾見識過的風景，父親他，不願帶我去看的世界。」

娓娓吐出真心話的歐尼爾眼神變得沉重。他曾想抓住什麼、嘗試去捕捉什麼，但並不成功，有這樣的影子被他心中的烈日投射出。

「那裡和這裡……不太一樣，我說不上來，但一切的節奏都很快速，不會等你的，只有靠自己去乘上正確的風才能跟上，是個不怎麼樣的世界。」我說。我沒做任何思考就說出這些話，也沒什麼含意，像第六感似的直覺。

****

十年前，雷恩的感官已經無法承受更多壓力，然而壓力卻從四面八方源源不絕地湧出。他受夠了，所以逃出了獅子的領域。原來，早在約二十七年前他就找到了離開迷失的方法，且不一定要讓虎或獅子其中一方獲勝，而是有某種條件，至於是不是和里翁信上所提到的脆弱有關係則有待商榷，總之他找到了方法。

但問題出在他想不起來關於自己的事，不是全部，但就是有一塊最重要的部分遺失了，這讓他被愧疚的自我折磨著。如此重要的記憶卻被乾脆地丟棄，那樣的痛苦是如印記般深刻而無法去除的。沒找出那塊遺失的殘塊便無法湊齊鑰匙，湊齊那支讓他想離開迷失的鑰匙。

什麼都像是破碎的，在當時的雷恩眼中。於是他決定先待在神廟，一待就是十七年。每當動亂開始蠢蠢欲動時，他就躲起來。躲到哪裡都好。他沒辦法上戰場，他已經幫助獅子贏了一次了，也因此重要的心受了創傷。

雷恩離開領域後便決定不再回去，他已經不想活在連空氣中懸浮的微粒在晨光照耀下也顯得陰沉的空間，每一個粒子都在逼迫著雷恩。他躲到某座森林裡的村子，在那裡遇見了逃亡的姊妹——小璐和宇莎琦。她們是守護著沐浴點及水晶的一族後裔，由於虎的暴政使得她們必須放棄所有，隱姓埋名地躲藏起來。宇莎琦的眼睛當時還是紅色的，小璐說。巧的是，二十年前迷失的人類——奎爾在因緣際會下與這村落的駐村鯊魚巫女相戀，沒多久生下了歐尼爾。

只是歐尼爾和一般的孩子們不大一樣，背上長著鯊魚鰭卻是人類的五官、有著鯊魚沒有的毛髮，這讓他飽受霸凌及欺負。雷恩是在某條小徑散步時撞見歐尼爾受犀牛的孩子挨打著。

「堅強點孩子。」他阻止了天真孩子們的無知，卻也了解在不分長幼的動物們眼中，歐尼爾就是怪胎。若是迷失的人類，動物們還會抱持點敬仰或恐懼，但對鯊魚和人類所生下的混種就沒這麼公道了。

「他們說爸爸他不要我跟媽媽了，他去打仗了。」年幼的歐尼爾一把鼻涕一把眼淚地哭著說。

「他是為了守護你們才去打仗的，你知道嗎？他是如此的勇敢，你媽媽也是相信他的對吧？每天都在等候著他，不是嗎？」

縱使知道奎爾被籠絡到虎的陣營，也就是敵人，雷恩仍把對立的意識拋去。讓他的溫柔化作言語、或一幅美麗的畫。星空乍看就像是被點綴的畫展般耀眼著，讓幼小的歐尼爾能破涕為笑。當時的邂逅是紛擾亂世中所擠出的一滴純粹、無暇的顏料。雷恩的「創造」也是在那時取得更繽紛的色彩。

「能力的強大取決於使用方法，尚未意識到之前就什麼也做不了。」雷恩後來這樣和我說。

每一天的下午，歐尼爾都偷偷從家裡跑出來和雷恩修行。雷恩教他世間的知識及武打技巧，歐尼爾則教他鯊魚的游泳方式，兩人亦師益友。直到某天雷恩一聲不響地消失在村落。

雷恩原本還想將歐尼爾介紹給小璐姊妹花，雖然小璐說她早在雷恩前見過他一次。只不過虎急於破壞被小璐及宇莎琦隱藏起來的水晶，因此不斷地派手下找尋她們。為了能儘早庇護小璐及宇莎琦，雷恩不得已離開了村子到了隱蔽水晶的阿法森林，在裡頭創造烏托邦，讓厭煩了戰爭的動物們能感到安心的避風港。

五年前，獅子陣營大敗，節節敗退的里翁獨自尋求烏托邦暫時的庇護。雷恩和里翁一齊討論後決定組織起了一支騎士團，這是厭戰的雷恩以往不可能做的事，但為了保護昔日的同伴他認為非做不可。而里翁也早就知道神廟內有間諜，因此欲在隱密的地方開始布局，為了烏托邦雷恩也認為有這樣的價值在，於是便展開了五年的計畫。

＊＊＊＊＊＊＊＊＊＊＊

「念在我們曾有師徒之情，我不會告訴虎我在烏托邦所發生的事，反正你們早就大勢已去了。只不過我會持續地調查真相，只要母親的死和你有關，我絕對不會原諒你。」在離開前歐尼爾這麼說。徒留下無言的我們。

「我一直在等你。等你的到來。」

歐尼爾離開後，雷恩一直看著遠方的七彩雲朵，然後他突然打破了沉默。

「我嗎？」我問。

「你是能讓這一切終結的關鍵。讓我、也讓歐尼爾的旅程結束。他是無辜的，不該被『森林』綁住。」

「就如你所見，現在的我什麼都沒有。」

「在我看來你已經在成形了。」

我沉默以對。

「說實在的，我不認為他會守住祕密。」摩拉摩拉說。

「是啊，還是得準備一下吧？」雷恩說。

「你光是維持住烏托邦就很費力了。」小璐說。

雷恩低頭不語，我看得出來他心中有所盤算。我在想是不是因為我們人類沒辦法像動物一樣將情緒掩埋得很好才常常被他們看透。小璐激動地抓住雷恩的手說：「你可不要以為犧牲自己就能夠讓烏托邦幸福，是因為有你，烏托邦才能幸福。」

雷恩的眼睛裡頭不知道有多少的星星因狂亂而失控著，組合不出話語的雷恩嘴唇微微抽動了一下，就這樣愣愣地看著我。

「你不要把重擔都攏在自己身上。」我說。

卡帕爾也拍著雷恩的肩膀，用著仍一副厭世的口吻：

「喂，想逃離工作是不對的，只有持續地賣命才是真理。」

曾起波瀾的情緒意外地被瓦解掉。卡帕爾，厲害！

即將落日的夕陽餘暉染紅了雷恩長年波奔下來所曬出的黝黑皮膚、卡帕爾的羊駝毛、小璐精緻的五官及摩拉摩拉的啤酒肚，我想還包括我殘存的一點什麼。

六

夜晚翻來覆去睡不著，抗拒著疲憊的身軀，我的精神仍奮戰著，而我腦海在想著今天所發生的每件事，我需要時間來好好吸收。

我心中的星星碎片還在上下攪和，以往都是在半睡半醒間意識才被緩緩地拖去，像靈魂被連根拔起似的，感受痛楚的同時卻又覺得被麻痺，滿溢出來的矛盾，嗯，我喜歡這句話，滿溢出來的矛盾，總之這次還沒入夢鄉就能感受到一點碎片的騷動。

不知不覺間我對「森林」的動物改觀了，不再那麼厭惡。有很大的原因是壓迫的眼光不會從烏托邦的動物們的雙眼投射出來。當然，一方面在神廟時也因為自己的莫名沉重期待讓我很焦慮，也可能因此倍感壓力，但從神廟動物們的眼神及行為中卻忠實地反映出他們對勝利的寄望、對權力的渴望，還有我對牠們來說的存在意義。當和現實做出殘酷的比較後，自然而然地就會看透了某些事，並希望能放下。

烏托邦的魅力在於一種永恆，彷彿在那裡生活就不會老去，就像彼得潘及夢幻島那類的存在。魅力同時也是致命的危機，一旦習慣安逸便會開始質疑自己的挑戰及勇氣。在和這些選擇周旋之際，眼皮越來越重、意識越來越下沉。

****

回歸一片漆黑之中，熟悉的微弱光亮映入眼簾，我很確定是星星的碎片，這個夢再次出現，沒有任何預告及徵兆。

「你能來到這裡的次數只會越來越少。」

碎片率先開口。

「我們終究會合而為一，既是其他碎片和我，也是我和你。」

「無所謂。」我說。「我一直在等著那一刻。」

「哪一刻？」碎片沒有表情，但聽得出來它充滿困惑。我笑了，第一次能讓這些裝模作樣的傢伙摸不清頭緒。「有什麼好笑的？」

「抱歉。我所謂的那一刻便是現在。我越來越在意這個世界，我期待著內心的世界會有怎麼樣的事發生。」

「你瘋了，」碎片的口氣相當冷淡。「你真的瘋了，一切都把你搞瘋了嗎？」

「誰知道呢？或許你就是下一個被吞噬的碎片。」

「我也無所謂呀，我剛才說過，我們遲早會合而為一。」

「那屆時會怎樣？」我問。

「就成為真正的星星，這片森林的星星。」

「我才不要。」我說。不過眼前已經沒有任何談話對象了。碎片擅自找我攀談、再擅自消失，行蹤成謎。手中有著什麼的灼熱感在此時傳遞上來，我鬆開緊握的拳頭，發現有快燒焦的碎片在我手上，剛才的星星碎片在我手上燃燒殆盡。這意味著什麼，我不知道，但好像是什麼會發生的預兆。

****

一早醒來便覺得全身更沉重了些，而且記憶好像又流失了一點，當然只是某種形式上的錯覺，但恐懼感仍油然而生，在不知不覺的情況下身體像荒漠遺跡中的一塊破石頭隨著時間侵蝕而風化成沙子般流失，盡情撒落在土地上，有的有痕跡有的沒有，就這樣被大地遺忘。

持續處於有如不經意粉碎般的失去感，讓我畏懼著下一個天亮的到來。

雷恩一早就在門外等著我，他的臉比起昨天又老了十年的感覺。我好像不小心把想法說出口了。

「喂，你怎麼對一早殷切地守在你家門口的男人說這種話……」雷恩說。

「抱歉，畢竟昨天對你來說很沉重。」我說。

「別隨便把我的人生刻畫成悲劇。我很希望我有Happy Ending的好嗎？」雷恩一邊走下台階一邊開玩笑地說。或許他是認真的。

「今天要幹嘛？」我問。

「當然是工作嘍，你總不能一直待在這白吃白喝吧？」

「我想說這裡是烏托邦。」
「但沒付出勞力是沒飯吃的。」
今天的路線並非以往走過的幾條，而是往不同的方向，沿路滿滿陌生的景色。
這一帶我比較不熟悉，不論是沐浴點還是動物們的住宅區也好都是位於烏托邦西南的位置，而這次卻往完全相反的東北方去。
「這裡平常都是誰會來啊？」
地上的雜草叢生，看不出來有整理過的痕跡。附近的木林色彩也相對陰沈，彷彿這一區是烏托邦的非法地帶似的，有股潮濕的氣味。
「接下來可不輕鬆。」
雷恩停下腳步，看著前方。前方在我看來仍是普通的道路及圍繞著的常見的樹林，看不出來有什麼不同，直到看到稍遠處的一點血紅。
「今天我要帶你去『地獄』。」雷恩說。
「真的假的……我還沒有心理準備這麼快就要去。」
「時間緊迫，昨天歐尼爾的事件就是一個警訊。對方開始在接近我們了，至少我們必須認為虎確實焦急了。雖然那是一座人造『地獄』，但他們應該也不會輕易地接近。我要讓你從『地獄』裡頭掌握些什麼才行。」
「我能從人造『地獄』掌握到什麼嗎？」我說。
「至少我認為對現況有幫助。」

我也只能讓自己盡快習慣這喘不過氣的沉重壓迫感，尤其隨著血紅的擴散。

「地獄」附近瀰漫著染上鮮血紅色的迷霧，同時也能聞到一股相當難聞的氣味。沒有聞過屍臭味的我都在懷疑是不是這個味道了，或是焚燒人體的味道，總之這類的想法在我腦海揮之不去。

道路的終點是一扇門，透明的門。雖說是透明卻因為血色迷霧的關係，讓我能更清楚捕捉它的形狀，有聽到木頭燃燒的聲音卻沒看到任何火炎或黑煙。

「全部的焚燒都在過了門之後才看得到，這道門是烏托邦東北角的終點，也是我們距離『地獄』的最後一道防線。當我打開門扉的那一刻，就是『地獄』的血爪席捲過來的時候。」

「這什麼可怕的形容？」我輕聲笑著。

「相當物理性的形容。」

語畢，雷恩打開了透明的門。門後是一片石頭牆，牆上染著淡淡的燒焦痕。門在敞開的那一剎那，不知道是幻覺還是現實，血爪真的撲襲而來，雷恩隨即揮起彎刀讓霧散去。相當強勢的血霧的擬態，就像雷恩所說的物理性。

「抱歉，我不該質疑你的。」我說。

「這就是『森林』。所有事物都那麼詭異，就算是人造的也是。」他淡淡地說。

明明四處都燃燒著黑色的火炎，「地獄」卻意外地吹拂著涼風，也沒被想像中壓抑的氣息支配著，喉嚨因為緊張導致的乾渴也漸漸舒緩下來。

「我們兩人來沒問題嗎？不需要騎士團陪同嗎？」

「我已經摸清這裡的狀況了，沒有他們也沒關係。」

正如雷恩所說，面對每一條岔路他沒有任何猶豫、筆直地朝向正確的方向，與其說是摸清不如說已經倒背如流了。「地獄」，其實也只是燃燒著的某一小部分的「森林」而已，然而這裡卻給人一種夾在兩個世界的裂縫之間，苟延殘喘著的一個獨立星球似的，也是個被隔絕開來不受任何干預的淨空世界。

黑色的火焰不時挑釁、不時欲突襲般的壯大火苗，就像是生物一樣的調皮。

「要怎麼樣才能產生人造『地獄』呢？」我問。

「不知道，也許和我的『創造』相似，只是使用者並不具備調色盤。」

我是覺得你的調色盤有點誇張了，但我在心裡沒說出來，這次應該沒有。

當我們穿越過一條又一條如痛苦掙扎而分裂的岔路後來到一條筆直的石子小徑上，小徑的終點是一座也是由石子搭建的方形建築物，同時也在焚燒著。因為逐漸接近著強烈的如有意識般的黑色火焰使我滿身大汗，倒是雷恩真的很融入『地獄』，非但一滴汗都沒留下，連一絲疑惑、恐懼都沒從他的臉孔上透露出來。

「我們要前往那座建築物。」他摸著下巴說。

雷恩手指的方向聳立著一座如希臘風格的宮殿似的建築物，周圍冒著墨黑的火焰。

「裡頭有什麼嗎？」我說。

「被囚禁的『惡魔』。」

當我們走到建築物的前方，周遭燃燒的火焰變得更旺盛、更猛烈，彷彿能感應到我們的到來。裡頭傳來一聲淒厲的呻吟，以及憤怒的咆哮。一踏進建築物，彷彿這世界殘存的痛苦及悔恨融入空氣皆縈繞在身旁，有一股沉重的氣息令我喘不過氣。裡頭的設計相當簡陋：幾座柱子整齊地排列在兩旁，間距都差不多。最深處有座兩層樓左右、像祭壇的擺設被約三十至四十階的階梯連接著，長方形柱體的供桌橫躺在其上，左右各有一支直挺挺的點燃著藍色火焰的火把。

供桌上明顯有個物體燃燒著，還有鐵鍊分別靠在四角將之困住。靠近細看才確定黑色火焰中是像人形的物體，四角的鐵鏈鎖著的分別是雙手雙腳。

這就是惡魔——雷恩斬釘截鐵地說。持續旺盛的烈焰中一張嘴靜靜地張了開來。

「你又來了啊，人類。這次還兩位是嗎？」

惡魔的口中陸續吐出這些話語，每個字都像是燃燒著的樣貌被具現後侵襲而來。

我不確定他的眼睛在哪，忽大忽小、忽強忽弱的火焰讓惡魔的五官變得迷離恍惚。

「惡魔，在這裡過得好嗎？我們應該沒虧待你吧？」雷恩的話充斥著譏諷的語氣。

「那當然，讓我恨不得想殺死你們。尤其是那隻該死的羊駝。」惡魔似乎瞪大著左眼說。但我不確定那是不是眼睛。

「卡帕爾也過得很好，他還想娶老婆呢。」雷恩笑著。

原來卡帕爾有這種念頭。

只見惡魔使勁地怒吼了一聲並以相當費力的分貝對雷恩咆哮著說：

「我不想知道這個，閉嘴。你到底來幹嘛？隨便入侵我的地盤又把我捆綁在這裡，會不會太自在了啊？你們這些迷失的小鬼。」惡魔說完便開始喘息，看來這是他近期內第一次說這麼長的話。

「抱歉，我很快就會解開你的鐵鍊。」雷恩說。
「咦？」我如反射般咦了一聲。
「什麼？」惡魔似乎也無法理解雷恩的話。
「為了讓你的能力儘早甦醒，我打算讓你接觸『地獄』的守護者，也就是你眼前的『惡魔』。」
「怎麼個接觸法？也是物理性的嗎？我更希望是心靈上的接觸就好。」我說。
「我敢說心靈上的接觸肯定更痛苦。」
「人類，你這肯定是在玩火自焚，那個小鬼承受不住我，你會後悔的。」
「你以為你身旁的藍色火焰的火把是擺設而已嗎？」雷恩指著火把，似乎是鎮住惡魔的手段。惡魔隨後冷笑一聲回應。
黑色火焰像是被切絲般地化作一條一條的長鞭纏繞在我手上，像是DNA的螺旋結構式的扭轉纏住。
「雷恩，你確定這樣真的沒問題嗎？」
說話的同時我覺得我快窒息了。火焰在我身上尋找著什麼，嗅著每一處的肌膚、穿越著毛孔。闇黑的火焰包覆著我的右手，雖說感受不到灼熱的痛楚，但仍有一種不舒服的異樣感，更正確來說是不習慣親眼看著自己的手正被焚燒著。
「放心吧，黑色的火焰暫時是無害的，因為他被我所放置的藍色火焰給壓制著。前幾天的就截然不同了，那時的黑色火焰是充滿殺傷性的。」雷恩再次確認著兩旁火把的無虞。

「原來你早就取得了藍色火焰嗎？」

「但就只有一點點，光壓制『惡魔』就很辛苦了。」

「你有著冷淡又無趣的過去呢。」惡魔潛伏在那雜亂的火焰裡頭，聲音從中迴響著。

「用不著你說。」我忍受著不存在的痛楚說。

「我能夠看見你心湖背面的城市。」

「可以再說一次嗎？心湖什麼的？」

「這麼說好了，當我和你接觸到時，我就能看見隱藏在你錯綜複雜的思緒及情感織線背後的心之湖，澄澈卻又濃郁的一座湖泊。湖泊之下相連著湖上的那面也就是在反面之上座落著一座城市，屬於你的城市。」惡魔說。

「然後呢？那代表著我的什麼嗎？」我問。

「就是代表著你本身，既陰暗又孤寂的過去也能清晰映照出來。」

「謝謝你又換了幾個形容詞。」我誠懇地說，沒有任何虛假。

所有的過去編織了現在的我，原本零散的細沙慢慢累積著，累積出某些東西，我叫不出名字的那些東西。如果有機會我也會想造訪一趟屬於我自己的城市，緊黏貼在心湖反面上的一切顛倒的城市，聽起來是有那麼一絲迷人，至少其向外延伸又筆直的那條線深深地吸引了我。我一直以來都覺得自己心裡有座湖，當惡魔這麼說的時候我有種「被他說中了」的感覺。但對我來說「我」到底該是什麼樣的單位呢？答案或許就隱蔽在這座城市的某棟大廈的窗戶裡頭。

不如來命個名好了，姑且稱呼城市叫「我市」——紀念已經死去的「我」。

是啊，當意識到時，早已到了無法挽回的地步，說到底也不知道該如何挽回。沉沉的沙堆中所浮現出的樣貌是如此陌生，理應是證明我曾經存在的證據，卻逐漸地不再回頭凝視。如果沙有記憶、如果紡織物也有記憶，倘若能從乘載著大量記憶的「證據」中找尋一點關於自己的足跡，那也就不至於那麼苦惱。只可惜沒那麼多如果。感受不到火焰也感受不到痛楚，我想我現在就身處在心湖正下方的一片死寂，抬頭能望見倒過來的「我市」天際線，沒有任何燈火及喧囂，同樣死寂的「我市」。正如惡魔所說的冷淡又無趣又陰暗又孤寂。

無反應的湖水突然從遠處傳來一點騷動。

「我市」在一點一點地崩毀。

碎裂的瓦礫往心湖的深處下沉，失去言語的我連喊聲都不行（在水中張嘴很可能會嗆到），只能連忙雙手划起彷彿凝固般的水往安全的地方游去。瓦礫因為阻力的關係在水中墜落的速度不怎麼快，但同樣的我游泳的速度也不怎麼快，便輕易地被沉甸甸的碎石堆壓住，雙手雙腳也不受控制，像神經毒似地蔓延全身，身體漸漸沒有一處部位可以讓我掌控及運作。

在心湖裡頭就算沒有空氣也不會窒息、溺死，不過卻沒辦法觸及到「我市」。屬於我的某部分機密文件就藏在那裡。

隨著眾多崩毀的石塊向下沉至未知的底部，水痕也從碎石的邊緣劃出，也從我微張的嘴邊竄出（後來發現張嘴也不會嗆到）。同樣竄出的還有一點關於重力、角度、阻力等用不到的無用知識、還有像「惡魔」的火焰的，去氧核醣核酸的雙螺旋結構或超螺旋等旋轉式的纏繞，總之所有東西都如繩索般互相纏繞在一起，然後再一起釋放出屬於它們自身的痕跡。痕跡向上擴散，也許就這麼代替我觸摸到「我市」也不一定。

此時我眼前的畫面是如此的美，所有的事物在水中劃出震撼的線。心湖之上的光透進水中讓這些泡沫一點一點地閃爍著，我想從另一頭觀察的話無疑是波光粼粼的水面吧。

「如何？你的城市。」惡魔說。驚魂未定的我無法確認現在的狀況。看來人還在祭壇，惡魔的火焰也回歸到他身上，我身上沒有任何燒焦的樣子。仔細環顧四周雷恩也不在了。

「那傢伙匆忙地跑了出去呢，可能忙於殘殺。」

「這種事不是互相的嗎？虎對獅子，你對我們。」

「不能這麼說，我可是無辜的。我只是單純被製造出來，不斷燃燒我那骯髒的火焰和擴大所及範圍，難道因為我的火焰較為污濁，就認定我的邪惡？」惡魔憤慨地說。

「確實，天性的醜陋不能做為被傷害的理由。」我說。我想此次我也反將一軍了。

「你應該從小都被叫混蛋到大吧？」

「彼此彼此。」

「才不算彼此呢，因為我不存在小時候，我打從一開始就是這副模樣，所有的知識都從製造我的存在端所傳導出來。我不了解動物間的戰爭，我甚至以為我也是人類呢。」

「所以，應該是人類製造出你的嗎？」我說。

「很遺憾，唯獨這個我不知道，但我想應該是。我剛才也說了，我只是被命令著不斷燃燒，偶爾幫忙傳遞訊息而已。」
「傳遞訊息嗎？那麼前幾天雷恩他們看到的就是重要的信息對嗎？」
「誰知道呢？我就算看到內容也不懂啊，我是最置身事外的吧？」惡魔擺出無辜的表情，不過我認為那也有可能是嘲諷的表情。全身燃著漆黑火炎的惡魔，臉上被烈火覆蓋著實在很難辨認。
「但我觸碰到你了，卻沒什麼改變。」
「不，你一定發現了什麼，只是你不敢承認。」——遺忘的記憶，惡魔指的很有可能是這個，但對我一點幫助都沒有。
「我再觸碰你會怎樣？」我說。
「你可以試試看。」
我伸出了手。
「體悟到一點乾涸的折騰也不錯。」惡魔說。
然而什麼都沒有發生，我沒有到任何地方，倒是切身感受到火焰的灼熱及焚燒的痛楚，縱使皮膚上沒有燒痕。正如惡魔說的，乾涸的折騰。
「你真的什麼都不知道嗎？」
「你知道司乃耳定律嗎？」
天知道，我說。
「簡單來說就是闡述光的折射的理論。當光波在兩個介質間傳播，就必定會產生折射，而司乃爾定律正是透過這理論證明入射角及折射角的正弦的比是相同的。」

「我的天，完全不懂。」我攤牌。

「光的可逆性。」惡魔思索了一下說：「一個對等的公式。」兩句話之間無法串連成句子，惡魔似乎很努力在腦海中尋找適當的文字。

「你是想說像是質量守恆定律之類的嗎？」

「首先，」

惡魔好像想到該如何解釋後便越來越放鬆，那股愉悅透過空氣傳達給我。

「我並不懂你說的那個，但感覺上來說不太對。光的可逆性也就是說光既然能從介質一到介質二，也就能從介質二到介質一，就像自由往返的隧道。隧道你知道吧？」惡魔問。

知道，我說。

「嗯。」

「有些隧道可能是單向的，但大部分的隧道都是雙向的，也就是能往返通行。」

「或許你也有那樣的通道，能夠讓那些錯誤如通風般穿過，也能反過來將錯誤歸還。」

「你還有沒有更貼切的形容？」我問。

「沒有了，我腦子裡的東西就這些，都是傳承下來無用的知識而已。」

「通風的隧道。」我想著夏天舒服的涼風輕巧的吹拂在我臉上。剎那間回想起小時候的某個場景，更正確地說是那片段的記憶突然浮現在眼前。那是小學的事了，又或者是幼稚園呢？總之大家在可能是學校舉辦的活動裡頭表演著舞台劇，明明是小朋友的英文話劇，然而事前準備卻毫不馬虎。斯巴達式的操練著每一句標準的英語台詞，真是不可思議。最後好像是第一名還第二名，大家臉上都滿溢著笑容，走在館場台階上好不風光（雖然我不是什麼了不起的角色）。
我想，會突然想起這不重要的陳舊回憶的人，這世界上只有我（至少此時此刻），這毫不起眼的某個片段甚至連追溯都有困難，畢竟大家都將幾十年前過往的泛黃相片堆在腦袋的冰冷角落，上頭堆滿厚厚一層的灰塵，每個人去指認的結果或許都導往不同的方向。
「所謂的記憶有時候可能會是仿真品。」惡魔說。
「縱使充滿了熱烈的眼神？」
「縱使澆上滾燙的岩漿。」
「但仿冒品到底是為了什麼不惜裹上記憶的外衣？」我問。
「除了在你身體裡以假亂真之外還有什麼？」惡魔說。
不知道為什麼他身上的火焰不再如挑釁般地熊熊燃燒，而是有點內斂、謙虛地維持著烏黑的灼熱。
「我看見了我心中的城市正分崩離析。然後被城市拋棄的破爛瓦礫砸向了我。」
「究竟是瓦礫被城市拋棄，還是瓦礫拋棄了城市？」惡魔問。但我覺得他只是在隔岸觀火。
「不知道，一切都很混亂。」我說。我想我是真的混亂了，對於是溫暖寒冷都分不清的那種充滿雜質、可恨的混亂中。「難道是因為我正被這些虛假的事實矇騙著嗎？」
「既虛假卻又真實嗎？到底是虛假還是真實呢？」
「正因為混淆不清才沒辦法除去藏匿在外衣底下的仿冒品，不是嗎？」我反過來問。
惡魔此次不再繞圈子，直截了當地說：

「我並沒有說那一定是偽物，只是暗示著可能性。」

「或許真的像你說的吧，任何結果都包含著這樣的可能性，所有真實裡頭被虛假給填滿，同時虛假也被真實包覆、密封著。」

「我可沒這麼說呢，人類。」惡魔似乎露出詭異的微笑。「只是對於你們拚了命想隱藏其中之一這件事感到有趣不已，因為明明是一體的啊。」

「然後在疑惑的時候，卻又覺得有那麼一點清楚，但又不知道究竟哪一邊才是正確的。」

「照你剛才的說法，不就是兩邊都是正確的嗎？」惡魔說。

「你是對的。」我說。「兩邊都是正確的，但人類卻是具有會不自覺地傾向某一邊的天性啊。」

「真是無趣啊人類，明明有更輕鬆的方法。」

我歪著頭瞥向灼燒的宮殿，燒焦的痕跡被火炎吞噬又產出，就像那些虛假。

「正因為夠愚蠢，才能不斷犯錯，然後理解正確性的珍貴。我想正是這樣人類才不無趣的。」

「看來對於人類到底愚不愚蠢，我們產生了分歧。」惡魔不屑地說。

我沒有想過能和被創造出來的人造「地獄」守護者——「惡魔」深談到如此地步。我潛意識間已經把他當作是普通的人類。他總是說他腦袋中只有被傳導、傳承的知識，或許誇張了點，我卻覺得他心中有著媲美馬里亞納海溝的寬大、具深度，就連和雷恩談話都沒辦法進到這麼深層的境界。我不禁佩服虎的陣營到底是如何才能做到這種事的。

虛假卻真實的仿真品，我好像搞懂是怎麼一回事了。

「我想我演的應該是王國的三騎士之一，我還依稀記得我有一段是用著中古世紀浮誇的鞠躬禮儀向王子報告事情。」

「真恰巧，虎那邊也有三騎士，而且每個都怪裡怪氣的。」

三騎士，這引起我濃厚的興趣，我想他們或多或少對我的記憶有所幫助。「他們在哪裡？」我問。

「想當然爾應該是在虎的領域吧？我也不知道，我不是說過了嗎？我也是局外人，比你還更狀況外。」惡魔說。

就像火場的火勢逐漸被撲滅似的，此時他身上的火從原本穩健又內斂的燃燒轉變成奄奄一息的殘弱火苗，隨時都會熄滅的樣子。確實也在熄滅著，證據就是他臉上的火焰正一點一點地死去中，我以為能漸漸能看見清楚的五官，然而我仍無法描述，因為惡魔的臉正在如粒子般地崩解，隨著忽明忽暗的閃焰消滅的那一刻，該部位就像革命烈士一般化作粒子。

他絲毫沒有品嘗到乾涸的折磨，表情甚至十分痛快。

「看來我的任務結束了。」惡魔用著正分解成粒子的臉笑著對我說。

「任務？你的任務是什麼？」我問。

「或許是阻止無止盡的戰爭，我想我某種程度上和你一樣。雖然我也不大清楚就是了。」

「你根本不是被虎陣營所創造的吧？」我用著偵探戳破謊言的可笑語氣說。「我一直在想，你會不會就是某位迷失的人類？」

「你看穿了虛假的真實了嗎？」
我沒應答。因為我認為我仍在撲朔迷離的沼澤裡掙扎著。
「我沒有那麼厲害，我只是區區的仿真品。」惡魔說。「某種形式上靈魂的部分殘存在『森林』，缺乏真正的肉體。」
「那些看似走漏的關於虎陣營的資訊也都是假的嗎？」我問。
「不對，那是千真萬確的。他們以為我是被他們所創造的，實則不然，我只是理所當然讓事情好像很順利的發生。」
「就像既虛假卻真實的仿冒品？」
「就像既虛假卻真實的仿真品。」
「那其他的人造『地獄』該怎麼說？」我說。一個又一個的疑問接續著產生。
「嘿，聽我說，我真的好久沒聊得這麼暢快了，你具備潛力，聊天的潛力。但你別忘了，我仍是『惡魔』，這裡的守護者。每個『地獄』都有這樣的存在，只是我是仿真品而已，不要只是質問，而要去實踐，不過是要針對有意義的事去實踐。探討著『惡魔』的存在不是你該做的吧？」
「那你到底是為了什麼而存在於此？」我覺得我像個得不到答案的蠢蛋孩子不斷追問著。
「差一步了，你已經讓『森林』產生了遽變。你要讓那些東西筆直返回的隧道。我想另一位人類將你帶到我這來正是為了這件事，為此還演了場蹩腳的戲。」惡魔說。
「所以雷恩知道這件事嗎？」我問。然而他的嘴巴也化成孤獨的粒子，惡魔就這樣粉碎成殘破粉塵，人造「地獄」也正死去。完蛋，我該如何逃出？

每一處都如催化般，火焰劇烈的燃燒起來，黑色的火爪撲向我，我迅速往後跳躲過，然而不是每一次都沒那麼幸運，周遭的火爪如新芽迸出漸漸將我包圍住，一陣烈焰中，翻車魚摩拉摩拉出現了，用肉身擋住爪擊。

「先往外跑！」他大喊著。

我往出口拔腿狂奔，看見小璐及宇莎琦在門口呼喊著：

「快點！」

「妳們怎麼也都在？」

「先別管了，趕快跑。」待我也跑到祭壇外後，宇莎琦往祭壇內大喊：「摩拉摩拉，我們出來了！」

剛才困住我的火爪，現在已成了火團包覆住摩拉摩拉，一般來說應該是凶多吉少了。不過騎士團的動物似乎在身體素質上有著過人之處，只見摩拉摩拉不斷旋轉，便將團結的火炎捲成旋風四散。

「厲害！」我忍不住大叫了一聲，不愧是精英。

「虧你還那麼興奮……」小璐說。

摩拉摩拉隨後跟上我們。「我們從別的地方開了個口進來的，往右邊走。」

「原本的入口呢？」我問。

「被封住了。也許是人造『地獄』的某種機制。」

我正想說起關於人造「地獄」還有「惡魔」的事時，摩拉摩拉緊接著說：

「雷恩讓我來這裡看看你的狀況，沒想到會發生這種事。」

「你是指人造『地獄』的死去嗎？」

「除了這件事之外還有關於惡魔的真實身分，我很意外『人造地獄』不是虎的陣營所製造的。」

「你都在一旁偷聽？」我狐疑地問。

「是啊，畢竟雷恩要我偷偷觀察你嘛。」

隱約晃動的大地正一點一滴地流失生機。

「我們兩個也是來幫忙的，雖然快怕死了。」宇莎琦說。

「這是很有風險的做法。不過看來雷恩是對的。現在『森林』陷入了前所未有的動盪。」小璐說。

「什麼意思？」

我有預感不是好事。

「里翁遭到暗殺了，死了。」

摩拉摩拉話中帶點哽咽。小璐和宇莎琦雖然沒特別說什麼，但不安都浮現在她們臉上。

里翁死了，也就是說，「森林」的詛咒解除了。

「我們早就跟你說了吧？詛咒已經在式微了，你正是催化劑。」宇莎琦說。

「你成了颱風眼將周遭一切都捲進去了。」小璐補充著。

現在的「森林」將沒有一處是安全的。確實，我好像捲起了什麼無法挽回的波瀾。

「但同時意味我們能闖入虎的領域，也能殺死虎，對吧？」我說。

「反過來說也是。」摩拉摩拉說。「所以雷恩才緊急帶著騎士團趕赴神廟。背叛者出手了。整個神廟瀰漫詭異的氣氛，現在的獅子陣營已經潰不成軍了。」

「背叛者？」里翁曾提過的必須提防的事，在最糟糕的情況下發生了，這下子幾乎快沒戲唱。

「我不知道是誰幹的，我們騎士團其實和神廟的聯繫也是斷斷續續的。」

「那現在我們能做什麼？」

「或者說，你得到了什麼？在接觸到惡魔後。」宇莎琦說。

「什麼都沒有。抱歉。」我說。

「嘿，道歉沒用。先離開再說。」小璐說。

「人造『地獄』難道只是個幌子嗎？」摩拉摩拉喃喃自語。

在穿越過燃燒的林木後看見一座詭異的破爛牧場，牧場裡有數隻的焚燒中的動物。

「這算什麼烤肉大會？」我問。

「這是『地獄』的喪屍，剛剛來還沒看到，難道是因為這座人造的森林正在死去的關係嗎？」宇莎琦說。

「如果他們是誕生在惡魔的意識下的話，應該不會傷害我們。」我說。

「出口在那，趕快！」小璐說。

因為一路上邊跑邊說話，搞得我有點上氣不接下氣，甚至都忘了調整呼吸及喘息，不過當時情況緊急，所以我也沒特別意識到。

等我們逃離人造「地獄」後，我因為一時間放鬆下來，缺氧忽然像宇宙光團來襲一般，強烈衝擊全身，用更簡單的比喻就是：水灌進鼻子嗆到的那種猛烈後勁，因為這樣的撞擊，大腦變得昏沉沉的。我倚靠著灰色的樹，即便多麼使勁搓揉太陽穴，但視野都被零散但字體飽滿的數字占據，也很像拔牙時抽出神經時的劇痛不斷在腦裡重現。

無止盡的黑暗又來了。果然星星在我背後，完整的星星，因為刺眼的光芒使我無法描述它的形狀。

「你終於融合完成了嗎？」因為太過光彩奪目，我手遮著雙眼說。

「還沒，差你而已。」光亮中聲音像吐霧般傳出。

「我記得你上次說我能來這裡的次數越來越少對吧？」

「對，也不對。我當時指的是我所在的那個地方。現在是在你的地方。」

「我的地方？但這裡一片漆黑。」

我四處張望著，但除了眼前的光明外沒有任何的存在被我捕捉到。「而且你本來不就是在我的身體裡嗎？」

「你已經快接觸到核心了，只是你還不知道。」

「核心是指什麼？」

「再掙扎看看吧，嘗試去串連著我、串連著那些瓦礫、心湖、城市，你稱呼叫『我市』對吧？串連所有東西，包括你的記憶。」
「就算我的記憶只是仿冒品？」我說。
「那不是由你決定。不，可能是你決定，但可能是更深層的你。」
「更深層的我又是指什麼？」
然而光亮倏地消失無蹤，眼前只徒留屬於我的沉默。

你還好嗎？人類。小璐溫柔的語氣喚醒了我。
頭仍然還有點痛。看來我們已經遠離了如災難現場的人造「地獄」。小璐呼喚我的名字，久違地聽到那幾個字從他人（或該說動物）的口中說出，瞬間覺得不真實感湧上心頭。
「你怎麼知道我的名字？」我說。
「雷恩跟我說的，是很棒的名字。」小璐說。
他不該說的，我說。這會讓我很困惑關於自己的事。
「你就是像是各種疑問及失意的集合體，不愧是迷失的人類。」
「摩拉摩拉，不可以這麼說。」
面對小璐的斥責，摩拉摩拉則以「我是佩服。」解釋著。
「沒有這種差勁的佩服法吧？」
「或許就如摩拉摩拉所說，充斥著各種疑問及失意的綜合。」我坦誠。
宇莎琦用一副不可置信的表情看著我說：「想不到你如此的自卑。」

我是覺得還好。

「總之你可以走路了嗎？我們應該盡快趕回烏托邦。」摩拉摩拉說。「說不定能趕上雷恩他們。」

「你說得沒錯。」我吃力地站起來，汗水拚命從額頭滾落，全身無一處不汗濕。「我有很多事很在意。」

「這樣就好，有一點線索的感覺比較有鬥志。」摩拉摩拉說。

我們一路上跑回去，也只能跑了，扎實地跑。每一步都能感受到不安及徬徨的摩擦及衝突。我很自責自己到現在還沒辦法做點什麼去改變「森林」。宇莎琦說我是催化劑，小璐說我是颱風眼，但這不代表我起了什麼幫助。就我的認知，我還在泥沼中無法掙脫，或在浮不上水面的水裡頭拚命划著水，總之是不上不下和載浮載沉的，所有不好的、壞的都很有默契地如水黽般靠近──「是各種疑問及失意的集合體」，正如翻車魚所說。

記憶不時翻山越嶺離去，也再拖著大量家當趕回來，像離家的孩子一樣，同時也換了妝容或髮型並對五官動刀整容，以一副嶄新的樣貌出現在眼前打招呼。但記憶也會支離破碎的現身，對著我燦爛微笑說著好久不見、我回來了之類的話，每再見到一次就會更加無法辨識，沒有任何特徵及代號。暴風在腦袋呼嘯著，我在那暴風的中心好像看見了什麼身影。

當我覺得我們已經跋涉了相當長的一段路程時，一陣大霧襲來。方向感很重要，宇莎琦說。

「像你這種蠢蛋一定會跑一跑就掉下懸崖。」

我說我也這麼覺得。霧大到連一顆繽紛閃耀的樹都看不到。穿過霧陣後迎接的是轉眼的一片純粹的黑，沒記錯的話雷恩帶著我尋找烏托邦所遇到的場景一樣。

「你必須睜開眼，閉著眼當然什麼都看不到。」小璐說著和雷恩當時當時所說的一樣的話。於是我睜開眼光線又回到眼前，烏托邦仍是如此充斥著色彩。「隱蔽的繽紛世界」，很適合用來作為介紹烏托邦的雜誌標題。

「我先去確認該確認的事。」摩拉摩拉說。

我很好奇該確認的事是指什麼，但我也有事情要處理。我前往沐浴點，先確保位在沐浴點中央的水晶是否平安，因為這很有可能是最後一座水晶了，我沒來由地這麼想。光從樹葉間的縫隙投射進來，眩目的光毫無躊躇地照耀著水晶的透明，豢養著沐浴點。我獨自佇立在湖泊前，享受著這靜謐的空間及被我佔有的時間。

我就像小偷，偷走了屬於這裡的明確性、真實的氣味還有那麼一點常駐在這裡的珍貴時間。我一直在想烏托邦的太陽、月亮及宇莎琦口中隱蔽的星星到底是屬於雷恩的「創造」還是本來就存在於「森林」、暫時借給烏托邦並任其改造成如此炫彩動人的模樣。因為看似是沒有建設性的議題我就不特別想提出，但問題仍迴盪在我身體的某一處，像某些螢幕保護程式的畫面一樣東南西北地游移著。

我內心的某部分空間正歪斜扭曲著，我很清楚。水晶其實沒什麼改變，在我眼中卻正破碎著，我想這是警訊。縱使我有很多事想問雷恩，但我還是往水邊走去，一步一步地往水晶邁進，我決定現在接觸水晶。

七

水比我預想的來得淺了些，走到快距離水晶一半的位置時，水才到腰部而已，應該走得到，我這麼想。

水中的阻力雖然使雙腳的移動顯得費力，但一面望著水晶一面行走，便輕易忘了這件事。

「注視水晶的正中央，就覺得水晶裡頭有什麼東西被具現化並伸出了透明的手慢慢地、緩緩地進入我的身體。」宇莎琦曾經這麼說。

那個被具現化的什麼東西，是不是也向我伸出了手呢？懷抱著這樣的情緒，我繼續向前。其實我也不是非得在姊妹花不在時接近水晶，只是刻不容緩的感覺強烈催促著，我必須馬上接觸到水晶，我很在意那裡頭的什麼東西——與其說是我，不如說是我胸口的星星在意。究竟是水晶先接觸到我們，還是我們先接觸到水晶。兩者間的拉扯，在肉眼看不見的奇妙空氣中發生。

一切都比我想像中來得快。

我曾經懷疑我是不是還在另一個屬於我的世界正常生活著，正常的讀書、工作、娶妻生子然後像個齒輪般在社會運作著，直到年老享受天倫之樂。同時被分裂出的一點靈魂在「森林」生活著，思考著如何喚醒自己的能力，然後幫助某個陣營獲得王權。這樣莫名的想法在我腦海不時浮起、又不時下沉。

或許這才是真實。真實的仿冒品，我想。

有時候我的世界遭受核彈炸裂般的毀滅，所有錯誤及正面、負面的情緒都一同被清空。每當這樣的時候，我又會重新思考一些事情，重新去構築、揑造出屬於我的世界，然後再修正一些錯誤。就像藝術家長時間注視著自己的藝術品，我也目不轉睛地看著我的「藝術品」，也就是我所創造的內心世界。當千頭萬緒湧現，這些感受就像所謂光的可逆性，通過名為「我」的介質，傳遞到我的世界，形成了我所謂的藝術，最後也能再通過我，回歸成我的感受。我的心中有座隧道可以讓這些事情發生，所以不定時的毀滅也沒關係，只要隧道本身沒有意外就沒問題。但如果問題歸類在我的分裂，那就不一定沒問題了。分裂的本身對隧道來說有沒有影響，我不知道，說到底，我也很好奇所謂分裂到底是什麼樣的情況。

照理說應不會有「司令」去控管每個分裂的我才對，如果現在的我的職權是負責在「森林」的我，那另一端正常生活的我就會由另一個我負責，我們兩人之間的情報及資訊不會互通，我終究只是個凡人而已。如果是更厲害的傢伙，分裂說不定可行，能處理分裂的另一個自己。但這只是假設，我不知道我有沒有分裂，我還是躺在空白、剛被轟炸完的粉碎的世界，無盡的白色上空飄浮著灰燼及塵埃，仍等待著另一頭不確定的電報傳來的那一天。

終於，我距離水晶只剩一隻手伸直的空間，也就是說我把手直伸就能觸摸到水晶，微妙的距離。此時水位在胸口的部位，再往上一點就滅頂的相當尷尬的位置。然而，我沒感受到一絲恐懼。眼前的神聖柱狀體吸引了我所有的情緒，目光只專注在眼前，具有皇族權威式的莊嚴肅穆。

近看才發現水晶並沒想像中的透明，裡頭參雜了一點一點，像黑暗粒子的雜質，讓整個水晶看似晶瑩卻又混濁。不論怎麼努力往裡頭投射，視線都無法穿透到水晶的另一邊，好像有道肉眼看不見的牆完美卡位，阻隔著所有有意或無意的念頭。

我下定決心伸起手，輕輕地觸摸水晶。寂靜中，我的心臟跳動聲越來越大，緊張感是唯一被遺留下來的情感，同時也敲響心房，讓鼓聲在全身上下每一根血管及器官中迴響，在吞下口水的同時，也逐漸撐起了孤獨的大氣分子。

在那一瞬間，我伸出的右手像是洩了氣的氣球般，突然失去力氣，我連忙將左手伸向水晶，然而左手也像早就痲痺似地軟了下來。稍微再靠近一點後，我雙手環抱著水晶——正確地說如果我不這麼做，可能連觸摸的力氣都沒有。頭因為力量的流轉得以順利靠在那片透明晶瑩，我面朝下看著自己的倒影：陌生的臉孔，曾熟悉的臉孔。汗水讓原本平靜的水面起了漣漪，也讓水面上的臉變成不穩定的波狀。

在沁涼的水中我也能流汗，厲害，我想。

濕掉的衣服及褲子緊緊貼著皮膚，像是枷鎖般拘束我的肉體。我的緊張感已溘然而逝，心的跳動聲也不再那麼清脆而響亮。甚至也感受不到星星，明明不久前還鼓動不已，如今都沉寂消失到哪裡去了？悵然若失在心中蔓延。

我仍看著倒影，但那一瞬，我能確實感受到就在剛才——可能不到一秒鐘內，水晶伸出了手默默地穿過了我。在我沒意識到的當下，水晶裡頭的東西已經全部、一滴不留的灌入我體內，證據就是我現在只能看著水面上的倒影，而身體其他部位皆動彈不得。那東西在我身體裡衝擊著，在找尋什麼，也可能在確定我的「資格」。我只能任其擺布。輕輕閉上眼皮，迎面而來的是一種緊縮的、受限制的短暫黑暗，只能讓黑暗緩和一呼吸。雖然如此，一種能吞沒一切的不可一世的自信也浮現出來，我讓自己沉在其中，靜靜地、漸漸地沉下去，拒絕所有氣息。

「你沒事吧？」軟綿綿的輕柔話語透過空氣中的震動緩緩地傳入耳朵裡，我這才如被喚醒般，將意識奪回，猙獰地張開雙眼。

汗如雨下，我的上衣領口處也濕成一片，我找尋的聲音的方向。宇莎琦在岸邊用著力竭聲嘶的聲音對著我大喊。

「你還好嗎？像個白癡一樣抱著水晶在幹嘛？」

就連一長串辱罵人的字眼都能輕易地從遠方清楚的傳達到我這來，妳不是數一數二的天才那又是什麼？我說著。

只可惜我是在有氣無力的狀態下說出口的，她應該聽不到。我微弱地將頭瞥向她。

「總之先過來吧，水晶會潛入你的意識的，因為你還沒準備好。」宇莎琦說。

「我動不了。」我說。

口氣有點緊迫又有點恐慌，因為真的動彈不得。

「真蠢……」她毒舌地說。

兩隻手都融合在水晶裡，就好像我的手自古以來就屬於水晶一樣。此時我才領會到我所接觸到的東西是多麼危險的存在。

我就像被欲望驅使著，掉入誘惑的陷阱；確實也是陷阱，就像是洩洪中的水壩。我在意識裡頭切斷了某條線，讓欲望隨著水晶的流動離去，才漸漸地把右手抽離，再來是左手。我再次抬頭瞧向水晶的頂端，好像有團裊裊黑霧在上頭凝視著我，俯視著我弱小的身軀。

「你這不是放開了嗎？」毒舌的兔子不知不覺也浸在湖裡頭緩緩地從背後扶著我。回岸邊後，我筋疲力盡地躺在潮濕的草皮上，宇莎琦把我拖到更遠，讓泡在水裡的腳更遠離水面。

「你真的瘋了。」

「我總覺得只要碰一下就能夠有一些事情發生。」我說。

「確實發生了啊。你滑稽的環抱著神聖的水晶，然後一副要死的樣子。」

「妳應該沒什麼朋友吧？」我虛脫地說。

「可多呢。」她說。

「我先說，現在大家都很忙。我的工作就是看好水晶，若不是因為我堅守崗位，說不定你早就死了。反正大家現在都各忙各的，你最好也去問一下你能做什麼，不然就太怪了。」

「拉爾他們在哪？」我問。

「你是說你入口的那些夥伴嗎？不知道噢。摩拉摩拉說入口沒有任何動物，而且亂糟糟的被燒成一團。很有可能遭到襲擊又或者收到神廟的消息急著趕回去了吧？」宇莎琦一副置身事外地說：「反正那是他們的事，神廟跟我無關。水晶面前大家都是平等的。」

「即使是要破壞水晶，也是平等的嗎？」我說。

「嘿，那就不一樣了。用點腦袋思考好嗎。」宇莎琦說。

宇莎琦的兔耳朵突然震了一下，她猛然地轉頭看向後方，我也看向同樣的方向。

有一名女子走了過來，沒錯，女子。也就是人類。女性人類朝我們的方向走了過來。

「我能聽出來是不是熟悉的腳步聲，這不是。她不屬於烏托邦，是外人。」

確實不屬於烏托邦，因為是人類。現在還在「森林」的人類除了雷恩和我之外就是虎陣營的兩名人類了。而眼前走過來的女子想必就是虎陣營的。女子年紀大約快三十歲，應該就是十年前迷失的人類，畢竟二十年前的人類是男性，也就是鯊魚人歐尼爾的爸爸。

「妳想要幹嘛？」宇莎琦警告著她。

「我，沒有要幹嘛。對吧，你說呢？」陌生女子指向我。

我攤手，這時候別把球丟給我吧？

只見女子擺出無辜的表情聳聳肩，看起來相當令人火大。

「妳也別緊張了，兔子。現在戰爭已經開始了，我的出現只是序幕而已。一旦神廟垮台後，只怕這裡遲早會化為祝融。全都燒光而已。」

「那只是妳的假設。」宇莎琦讓自己表現的看起來相當鎮定。

「妳說的沒錯。」女子笑著。

「妳是十年前的迷失的人類，對吧？」我說。

「沒錯。我的能力是失能。你知道關於我的事嗎？」

當我想起那些貧民窟的動物時，我想我是怒視著她的。「就是妳對那些無辜的動物下手的嗎？」

「無辜？我沒聽錯吧？」女子用相當嘲諷的語氣笑著。「他們是罪犯，你難道不知道嗎？我只會把我的能力用在那些罪犯，難道對你來說罪犯還有分年幼老少嗎？我只是在貫徹我的想法而已。」

「確實不能算無辜。」我說。「但不代表你能將他們的靈魂奪走，成為一副沒死的屍體。更何況你們所謂的罪犯是否又真的犯罪？抑或是虎的濫權而已？」

「失能？貧民窟？等一下，現在是什麼話題？」宇莎琦說。

「我叫艾塔，十年前迷失的人類。」艾塔閉上眼，很快地又睜開。「你就是今年的人類沒錯吧？」

對，我說。

艾塔柔和的吸了一口氣後說：「首先針對你說的犯罪定義我們先不談，或許正如你所說的，虎的濫權，我也只是把所謂的無助正義使用在能力上而已。但我想說的，是在這裡的動物的話都不能相信，不過這隻兔子或許可以，但這不是重點。總之，只要是隸屬於獅子或虎的陣營的動物的話都必須打上問號。」

「這是什麼意思？」我原本要開口的但沒想到宇莎琦比我早開口問。她的臉上充斥著狐疑及混亂的扭曲。

「他們，只是為了戰爭的利益就可以拋去所有道德理念。和我們人類一模一樣。什麼誰是正確、誰是錯誤的、為了誰好、誰了我好什麼的。」艾塔的眼淚從眼眶緩緩地滑落。「都是騙人的。」一時之間我說不出任何話語，我想宇莎琦也是，或許最震驚的莫過於她。

「我簡單說吧，你到現在能力都還沒甦醒吧？」艾塔用手擦著快從臉上滾落的淚珠。
「沒錯，我來到這裡應該也快一個月了，但沒有任何進展。」我說。
「那是再正常不過的了。只要是陣營裡頭的動物都知道，能力的甦醒是要花上兩至三年的。我想神廟裡頭的動物有和你說過吧？幽靈的襲擊，第一次是在五年前，你知道為什麼這麼晚才襲擊嗎？」
「不是因為當時才發現妳的能力和二十年前人類的能力具有搭配性嗎？」我說。
「嗯，我想你們猜中了一半。事實是因為我在第四年才讓能力甦醒，比一般預測的還要久。他們一直讓我深陷在無止盡的昏沉流水中，這當然是比喻，意境上的比喻，但對我來說可能比在水中痛苦。他們說戰爭沒結束就沒辦法逃離迷失，我信了，我很努力地讓自己能自由地穿梭在水裡頭，然後『失能』就從我手中被喚醒了。那一晚，為了洩恨，我奪走了一名虎的將軍的靈魂，將它撕碎。很好笑吧？口中喊著正義什麼的，第一件做的事卻又是如此骯髒齷齪。這種不會讓鮮血四濺的殺人法，聽起來很迷人，對吧？」
我們回答不出來。從剛才開始便覺得呼吸重得很不順暢。
艾塔嘆了口氣，無力地癱坐在草地上。「由我口中說出來很可笑，但我對於罪犯的定義越來越不確定。」她聳聳肩。「我漸漸地失去了自身的判斷能力，只要虎認定的罪犯，我就會當作是罪犯，然後我再奪去他們的靈魂，放置在幽靈上，就這樣四處占領疆土。因此，虎有現在的戰績，我功不可沒，實際上也是如此。你們瞧，我的頭銜是副將軍，已經夠大了吧？畢竟我可是曾經殺了一名將軍呢。

我迷失時才十九歲，二十三歲的那年，也就是五年前，虎成功地衛冕王位，我以為我能離開『森林』了，畢竟花了五年的歲月，然而那一刻我腦海裡所浮現第一句話，竟然是：『去你的。』，我美好的青春歲月都奉獻在無止盡的可笑戰爭上，只要一想到便覺得快承受不下去了，像是枝頭上的翠綠樹葉都枯了、腐爛的悲哀。而當下，我就知道我的心已經不在了。」

「心不在了？」宇莎琦問。

「沒錯噢。心不見了。我能感應到心的存在。那是天生的敏銳感覺。潛意識裡頭的我是心的玩偶師，可以將憐憫、殘酷、溫暖、冷漠等所有感受玩弄股掌之間，就是那樣的感覺。所以我很輕易地就知道，我的心經過了五年的折磨後，不見了，就在那一刻。雖然記憶倒還牢牢地鎖在頭腦裡的保險箱。可是心不見了，代表我對於所謂的情感便頓然消失無蹤了，對家人、情人、朋友的一點點的眷戀之情，都留不住，我甚至連要惋惜的念頭都沒有，無法懷念及想念。」艾塔的眼淚像溪水般止不住地潸潸流下。

「但妳卻在哭。」宇莎琦說。

「是啊，我卻在哭。是為什麼呢？」艾塔說。

「虎對妳說的，有關逃離迷失的事，是謊言吧？」我說。

「你說對了，你知道了嗎？」

「或多或少。」

「打從一開始，就不需要所謂的權力更迭才能離開迷失，而是要找出重要的方法。可是每一位人類都被這些渴望戰爭、血液的動物們矇騙，讓他們為了『森林』而戰，導致最初的方向就錯了。在知道其實我一開始就可以逃離時，你懂那種悔恨嗎？老實說，我感受不到，我已經麻木到什麼都覺得無所謂了。」

「怎麼會……難道雷恩他們也……」宇莎琦陷入了一種更深沉的困惑裡頭。

「方法是什麼？」我激動地說。「這裡的動物都像在隱藏著什麼。」

「是啊，他們隱藏很多事。為了屬於自己的利益。所以我背叛了虎的陣營，趁我還能夠抽離時，我打算嘗試看看這方法。『森林』根本在惡整我們。這裡打從一開始便充滿著惡意。可是，我跟你說了也沒用，每個人類的方法或許都不同，但或許都能歸根到——死。」艾塔這麼說。幾乎就和雷恩說的一樣，唯獨關於死這件事是雷恩未提到的。

「死？」我問。

「所以我提到了『森林』的惡意。想要逃離，就必須讓潛在的意象死去。我們得讓這說不出口、無法塑形的東西死去，但這並不容易。就像是我的失能一樣，看似死去、卻又沒死去。真諷刺。」

「嗯……既然妳提到了那該死的失能，我還是得說，不要以為這樣能讓妳所犯的罪像沒發生過一樣。」我固執地回應。

「竟然已經定我罪了嗎？你真可愛。放心吧！我不奢求誰的原諒，說到底我也不會忘記我做了什麼。但要把我認定成一種罪惡也不對，在這裡我所做的就是一種橫向的不確定性的正義。所以你也別再假正義了，你所看到的就是正確的嗎？一直以來被蒙在鼓裡、被騙得最慘的，說不定是你。」

我很想解釋些什麼，但話語卻哽在喉頭。

她說得沒錯，我就是抱持著假惺惺的正義，一面同情這那些可憐的動物卻又一面想逃離「森林」，說到底這一切本來就是矛盾的吧？

宇莎琦顫抖著身體。

「不對。」宇莎琦說。「這是兩碼子事吧？不可否認，許多動物的心裡頭充滿著醜陋及昏暗的價值觀，對他們來說『森林』只留下了殺戮給他們。但同時不涉及於爭鬥裡頭的無辜動物們呢？他們難道就活該嗎？而增長了戰火的妳卻又憑什麼在這裡質疑著所謂的正義呢？妳打從一開始就沒資格談論正義吧？」

「妳說得對。或許就像妳說的。我把隱蔽在『森林』的醜惡投射在所有動物上了，很抱歉。但就像我說的，我不認為自己是錯誤的。總之我來這裡不是要說這個，離題了。我是來給你線索的。」

「線索？為什麼？」我說。

「我冒著如此大的風險背叛了虎，而且還跑來他們可能隨時會來的沐浴點，就是要讓你能在接近事實的真相一點。我這次可奪走了很多虎陣營的靈魂呢。」艾塔說。

艾塔給了我一份地圖。地圖上標記的地點是名為「黃」的山，路線具體不算複雜，從北邊登山口上山後，筆直地往上爬就能看到該標記地點。她說那裡有著我逃離迷失的線索。

「有隻你認識的動物會在那裡等你。等你認為你接近真相時再去吧！不論過多久都無所謂。」她臨走前這麼說。

我認識的動物？我想不到是誰。

「現在虎真的急躁起來了。詛咒因為某個原因瓦解了。他切身地感覺道自己只剩區區一條命後便開始抓狂。虎的名字叫寅，徹徹底底的瘋子。待在那瘋子身邊連溫順的綿羊都會發瘋吧？不過我這比喻還真爛，哪隻羊待在老虎旁邊不會瘋的呢？總之我趁亂逃跑了。雖然我已經失去了心，但還是想要逃走。是那麼簡單的道理。」

「妳之後打算怎麼辦？」我問。

「不怎麼辦。我會照自己的方法離開『森林』，不憑藉任何動物。說實在的我現在光看到動物就覺得厭煩。不過兔子，看到妳卻有一種溫暖的感覺呢。」

宇莎琦沒說話，或許也沒話說。

艾塔看向我，不經意地喊了聲我的名字。

「為什麼妳知道我的名字？妳認識我嗎？」

「誰知道呢？」

艾塔話說完便沿著原路走去，然後消失在林間的盡頭。也不知道她是如何進來的。雷恩的烏托邦確實露餡了，也許早就被寅給查到了。歐尼爾呢？我想他應該不是會食言的人。

「那你打算怎麼辦呢？相信那女人說的嗎？」宇莎琦說。

「我想先看看雷恩他的動向。」

「雷恩不是壞人，只是他漸漸被『森林』同化了。」

「妳早就知道了嗎？」

「也不算，都只是感覺而已。不知道姊姊那邊怎麼樣了。」

「小璐她那邊怎麼了嗎？」我說。我開始擔心起烏托邦的動物們。

「你別擔心。她去看管隱密的出入口。現在烏托邦的破口逐一增加，整體情況不太樂觀。我們的世界正一步一步的崩解，你怎麼看？」

「不知道。我現在還沒辦法沐浴嗎？」我說。

「老實說我也不確定現在沐浴點到底還有沒有存在意義。」宇莎琦歪著頭說。

「因為詛咒的式微？」我說。

「是啊，水晶是不是詛咒的一環呢？可以確定的是『森林』確實因為你而有所改變。流向正在轉變中。」

「可是為什麼呢？我又沒做什麼，況且我根本連能力都還沒有。」

「其實在你剛才觸碰完水晶後，我就在想水晶是不是死了，被你身體裡頭的某個惡意殺死了。雖然我也不確定那是不是惡意，但可以肯定那是強大的力量，也不知道是不是你心裡的星星？總之，在你奪去水晶裡的神聖光輝後。現在我看起來水晶只是單純的透明石柱而已，不再具有之前所感受到的不可思議，算什麼……類似神的死去吧？有一種悲痛的寬闊深淵，在內心最深遠的地方浮現，並躍動著，唉，好難形容的感受。」

「沒關係，不用強迫自己思考。」我只能這麼回應。

「是嗎？」宇莎琦說。

回到烏托邦的廣場，每隻動物都忙碌不已。我看見的繽紛色彩正在凋零。雷恩的能力並非完美的，這十年下來他第一次碰到這麼嚴峻的狀況，導致於這道安全的牆正在龜裂，碎片一片片的脫落。然而，處在暴風的核心讓我手足無措，我到底又能做什麼呢？

卡帕爾默默地出現我一旁說：「過來幫個忙。」

我看向他並不自覺地給予他一個微笑。

卡帕爾說雷恩已經遠赴神廟了，他認為雷恩應該暫時不會回來。

「這是十年來第一次。我並不知道烏托邦能撐多久，所以要做好這裡會消失的準備，雖然真的不想面對……不想工作……」

我想我是做好準備了，也可能還沒。我正在形成什麼，雷恩曾經這麼說。我心中正在形成著什麼，濃郁的、凝聚在一起不過還沒有名字，也不知道作用。但正在形成，我是能確切感受到的。

我相信雷恩。至少對我說的話沒參雜一句謊言。我想也沒這個必要性，雷恩他是一直受著傷走過來的，而他最終也失去了關於自己的那個自我，也就是記憶。他的程度和艾塔比較起來究竟誰比較嚴重，一個失去了記憶、另一個失去了心，也許無從比較吧，打從一開始迷失的人類就註定勾起悲劇的倒影。掀開終局的幕，那些失去的就永遠飛散。我希望我不是如此，只能深深地祈禱著。

和卡帕爾協力將因人造「地獄」所燒出的洞補起來後（用一種我很意外的修補方法，居然是用雷恩創造的顏料塗滿），我們再次回到已經杳無人煙的廣場。小璐和宇莎琦從座落在廣場的倉庫走出來，正好碰見我們。

破口怎麼樣了，她們一齊問。

「還行，我這邊的都補上了。」卡帕爾說。「還好雷恩有想到這個萬一，便創造了很多備用顏料。」

「但不知道還能用多久。我們剛去檢查了一下倉庫，這一波傷害已經用掉了三分之一的量了。」小璐說。

「更何況雷恩也不確定什麼時候回來。我看我們可能撐到一個月就是極限了。」宇莎琦說。

「其實我也想去一趟神廟，畢竟那裡的事也跟我有點關係。」我說。

「不可能，你在森林入口的同伴們都消失了對吧？這樣你要怎麼回去？我們這邊可沒有多餘的馬車可以借你。步行的話至少也要五天以上喲，夜晚的森林你知道有多可怕嗎？」卡帕爾抓著他毛茸茸深不見底的毛一邊說。

我是見過，還被盜伐者攻擊過，我說。

要命，卡帕爾說。「是我就不會讓自己單獨在夜晚的森林。」

「菁英騎士團大部分都跟著雷恩過去了，留下來的騎士團也是為了守護著這裡。確實是沒動物能幫你。先待在這裡吧，等雷恩回來。」小璐說。

是嗎？也只能如此了，我乾脆俐落地說。

倒不是因為沒辦法前往神廟而放棄，只是再一次感受到自己現在的處境還有我是多麼無力這件事，讓我不加思索地答腔，或許這樣對那「正在形成」的東西是有意義的。

我抬起頭看著晚霞正逐漸擴散、淡去，鮮明的紅被即將登板的夜幕遮蔽，原本隱沒著、不確定真實性的星星及皎潔的月亮，隨後在一片混亂的黑紅交叉中綻放光彩，一朵一朵像是百花齊綻般在夜空中接續上演，然而，和我之前所見到的七彩星空相比卻顯得相形失色。即使有暫時足夠的顏料能補得起破口，卻沒多餘的顏料去補正褪去的色彩，屆時烏托邦還會是烏托邦嗎？

我看著仍此起彼落閃爍著的星空，許多的疑問即使想問卻說不出口。因為沒有答案的問題即使拋出了也只是孤獨地在空氣中迴響，又何必庸人自擾呢？我便決定不再想這些了。

於是兩個月過去了。

八

要忘卻一切地度過兩個月其實不難，就什麼都不去思考就好。

好吧，其實很難。

前一個月我頭腦內的龍捲風幾乎每天都在相互衝撞，但為了讓那「正在形成」的東西完整的塑形出來，我嘗試去控制不讓自己那麼痛苦。幸好一個月後便慢慢熟悉起那種感覺——還是要說一下，這不代表我也忘了自己的事，我也嘗試每天維持著我的記憶，盡可能的全部寫下來，可能是我太杞人憂天，始終完全沒有任何記憶遺失的情況發生。不過，我認為這只是因為我才在「森林」三個月而已，還不至於發生雷恩所遭遇到的事，況且艾塔十年以來也沒有遺失記憶，我開始懷疑雷恩會不會只是老年癡呆。另一個可能性是「森林」的詛咒已經解除了，關於人類記憶及其他相關的影響也一併消失了。但我實在不敢做太多沒意義的假設，還是乖乖地每天記錄著。

這兩個月以來，我們每天都在確認烏托邦的每一處是否有破裂、異樣的痕跡出現，所幸產生破口的地方不多，故用掉的顏料也只占全部的三分之一而已（我還偷偷地拿去補一點在星星及樹林的七彩上），還剩下至少三分之一的量，截至目前為止還算充裕。

而雷恩和騎士團至今還沒歸來，期間也沒有任何來自外部的信件送達，所以我們也完全不知道外頭發生了什麼事。已經開始有動物在謠傳雷恩和神廟的將軍都戰死在沙場上了，而現任的「森林」之王——名為寅的虎再次鞏固了王權並展開清算，只是他還沒空清算烏托邦。傳言滿天飛，但在沒有任何證據下我也不願貿然相信。

摩拉摩拉多次打算帶著剩餘的戰力去外頭確認，都被阻止了。

「有不好的預感。」宇莎琦說。

由於宇莎琦的直覺強大，烏托邦的動物們都相信那耿直如箴言的預感，便紛紛不讓騎士團外出，因為他們也在懼怕外頭勢力的入侵。

打從一開始就是外力讓他們躲到烏托邦的，小璐憂心地說。

「派對還是照開喲。」卡帕爾說。每兩週開一次派對的用意在於減緩居民對於外頭紛擾的不安，讓大家情緒放鬆，烏托邦的氣氛才不至於太凝重。所以到了指定的那天晚上，大家會聚在營火前吃著火烤美食、喝酒聊天，讓所有不快隨著營火的灰燼一消而散。

我每天的日常課程還有確認水晶，看護水晶的工作原本就是由小璐及宇莎琦來負責，現在也將我算上——應該說是我自己願意的。若沒有每天深深凝視失去光彩的水晶，我便覺得自己那「正在形成」的聚集物會一崩而散地分解，即使水晶裡頭已經沒有像手一樣的物體會伸出來，我認為我像是贖罪一般，畢竟可能是我胸口的星星，奪去那附著在水晶裡莊嚴的星光、一點餘暉不留地吞沒。因此我透過每日的凝視來贖罪，聽起來有點可笑吧。

說到星星，這兩個月來我從未再夢到關於星星及碎片的夢了。正確來說是我這兩個月不曾作過夢，連夢魘都沒有。星星和「正在形成」的東西一定有所關聯，也許它正參與形成。我能做的就是維持著我每天該做的，以及等待時機到來而已。

「森林」開始吹拂著一陣嶄新的風，將帶走所有舊時代的塵埃，並讓新時代的熱浪一同捲起，我感受到這樣的意味。

「該死！」摩拉摩拉大喊著。「過了兩個月多了卻沒有得到任何有關背叛者的訊息。」

「我們不是連外頭的訊息都不知道嗎？」我說。我們正在餐桌上大快朵頤著平凡的小麥麵包。雷恩為了讓食物的調味更加適宜，創造了特別的香料，於是平凡的麵包也變得好吃了。平凡的幸福，雷恩似乎已經覺悟到所謂的真理。

「伯克斯那傢伙臨走前和我說一個月內會告訴我訊息的，混帳！」說完便搥了一下餐桌。

「喂，摩拉摩拉。不是在那邊對桌子發洩事情就會好轉。他們一定也遇上了許多問題啊。」說話的是守護著烏托邦的菁英騎士團成員——卡拉斯（烏鴉）。

現在一共有十三名騎士團的成員在烏托邦，我想並不是用實力來區分誰該上戰場誰該守護家園，倚靠的是戰力的平衡及相性。

「他應該沒事，我猜的。」我說。我想稍微緩和一下氣氛，不過效果不佳。

最近幾天大家在餐桌上用餐的氣氛越來越沉重。一方面是隨著時間的拉長而膨脹的不安所導致，另一方面則是騎士團的自尊和強烈的不安感不時相互衝擊，他們急於到外頭確認世界的心也急躁了起來。雖說大家都知道繼續被矇在鼓裡對於整體戰況絕沒有幫助，然而對於未知的恐懼也折磨著烏托邦的居民，他們只想安居樂業的生存，寅的魔爪好像隨時都會打碎一切寧靜，如陰影般緊緊捆住動物們的心。

「我想短時間內大家都會這樣烏煙瘴氣的。」小璐說。

我也認同，我說。大家的心裡已經有一道看不到的黑色牆壁，越害怕就越模糊，當視野縮小後，能看清的也越來越少。

「視野縮小嗎？滿有意思的形容，物理上及心靈上的視野都是。」宇莎琦笑著說。

「再這麼繼續下去，不用寅出手，烏托邦就自我毀滅了吧？」小璐說。

時間是下午接近黃昏時，我和姊妹花每日的行程——確保水晶及凝視水晶。夕陽的餘暉染紅了水晶的透明。晶瑩的亮紅折射到我們身上。

我突然想起司乃耳定律漢光的可逆性。「正在形成」的東西通過了我心中的隧道，正在反向運輸回到「森林」，因為存在著可逆性，所以理論上來說可以做得到，正好也是我希望能達成的事。

還差一步。不需要沐浴點也不需要誰奪下王位，是那麼簡單的事。

「我打算今晚離開烏托邦。」我在一陣沉寂中開了口。

「是嗎？我早就覺得你會這麼做了。」小璐說。

「可是你的星星還沒完整呢。」宇莎琦說。

「沒有這個必要了，打從一開始就不用。」

「你領悟到了什麼嗎？」

「是啊，算是雷恩留給我的訊息吧。他真的不是壞傢伙。」我說。
「妳和他去吧，宇莎琦。」
「咦，姊姊，為什麼？妳也一起來啊？」宇莎琦說。
我也用同樣疑惑的臉看著小璐。
「我沒辦法離開。沒有為什麼，就只是沒辦法而已。真要說個理由的話，也許是希望當雷恩他們回來時，能看到至少還有我這種不那麼負面的動物吧。雖然這樣好像在說自己多純淨似的。」
「一點也不會。」我說。
宇莎琦忍著不讓淚滑下，笑著說：
「我們很快就回來了對吧？」說完叫了聲我的名字向我確認。
沒錯，我說。我堅決地說。
小璐笑了，但卻充滿了悲傷。寂寥不時從雙眼流洩出來。我知道她很想離開烏托邦，但她胸口的顏料卻一點一點地淡掉。
「雷恩一定還沒死，」我說。「烏托邦還存在就是最好的證據。」

＊＊＊＊＊＊＊＊＊＊＊

我和宇莎琦漫步在烏托邦的夜半小徑上，有很長一段時間保持沉默，誰都沒開口。晚風吹拂著樹葉響起了零碎的拍打聲，不時聽見踩斷地上樹枝的聲音，似乎還有一點蟲鳴，但我不確定。如果這不是亂世，此刻又該多有情調、多麼美妙。

「我說……」

我打破沉默開口，但我沒看向宇莎琦，而是仍把焦點放在前方看似沒盡頭的道路上。

「我知道姊姊的心是由雷恩的顏料所填補的這件事是在半年前。」讓我意外的，宇莎琦像是早就準備好一樣，娓娓道出真相。

「起初我注意到她時常在晚上偷偷去花鐘見雷恩，而且是固定時間去的。我一開始以為是男女之情的幽會，所以也抱著惡作劇的心態偷偷跟上去。結果我發現，竟然是姊姊請雷恩幫她在胸口塗上『創造』的顏料。我既憤怒又悲傷，當場現身質問她，到底是怎麼一回事？殊不知我姊一點也不生氣，她不帶任何情緒起伏，靜靜地說，她的心在幾年前就發現損壞了——這裡是指真實的心臟。更令人費解的是，那不是任何醫療可以去醫治的病，而是心臟正一點一點消失，連帶的胸口也逐漸透明、消失，是完全沒頭緒的奇妙現象。

我多希望她斥責我跟蹤她、斥責我這幾年下來完全沒發現這件事，我可是跟她最親的妹妹呀，就算我們是不同種的動物，但既然是同個母親生下來的，就是最誠摯的家人才對，而我卻沒發現……這麼重要的事。

她跟我說雷恩的顏料可以延緩心臟的消失，叫我不要擔心。但這不是問題，我最痛恨的是我如此的沒用，視野多麼狹隘，就像你說的『視野縮小』，這幾年來她胸口的顏色都是由顏料塗滿的，我卻一丁點也沒發現……

我當下覺得我的心也不見了，直接成為空洞，連『創造』的能力都沒有用。事實上我的心當然還在，卻被我自己給吞沒了，那股愧疚感或許已蔓延到全身了吧。」

宇莎琦這一次沒哭泣了。她相當堅強地吐露出滲了血的傷口，只是我看不到血。星夜下，星星難得捨去了繽紛的閃爍法，只是安靜的高掛在銀河上頭，形成了亮麗的星河，這也另一種震撼的呈現方式。

「在那之後，我便沒再提及這件事了。我想遺忘掉。她很快樂，那就好。我想追求的幸福就是她能幸福，這樣就好。我不能再奢望太多。所以，我們一定要把事情結束掉。」

「是啊。」沉默半晌後我說。「但我想她的幸福也是能讓妳幸福吧。因為妳們是姊妹。缺一不可。」

「抱歉，你講出來變得好噁。」宇莎琦說。我決定不開口說話了。「但你說得對，烏托邦的誰都不能死，對吧。」

我不說話。

蜿蜒道路沒有終結似的又要迂迴回去，宇莎琦停在道路彎曲處，確認一下四周。

「沒問題，就在這裡。」說完後她拿起手電筒照進林子裡頭。「跟上來吧。」

通常夜晚的烏托邦，由於繽紛色彩的緣故，即使在沒有任何照明設備的情況下走在暗夜小徑裡頭也無所謂，但再往更外圍的森林前進的話，會因密集的樹葉遮蔽星空，而讓深邃的黑暗籠罩住視野，成為視野完全密封的空間，更何況今晚的烏托邦不怎麼繽紛。

為了避免任何一點鮮明色彩被外界察覺，外圍的林子樹木是沒有塗上色彩的，雷恩曾經說過。很符合他謹慎的作風，我想。

由於黑暗再次來襲，僅憑藉手電筒的微弱光亮使得我們沒辦法再大步向前。除了得注意前方，腳邊的細節也得多加確認，只要一被絆倒就可能發生我最初逃脫時時的慘況。到現在想起來，我還是覺得夜晚的「森林」充滿了危險，康復的手臂也不禁起了疙瘩。

「雷恩曾經教過我們，從烏托邦緊急離開的方法。」

「他為什麼要教妳們這個？」

「誰知道呢？但我覺得他是一個做什麼都相當設想周到的人類。我們動物恐怕都望塵莫及，因為他什麼都能想得很遠。」

確實，我說。

「只要在某個固定的位置，將我手上這把顏料鑰匙，往正確的黑暗插入，就能打開一個路口。反正我們從正大門口出去絕對會被阻止，幸好我有隨身攜帶備用。」宇莎琦從褲子口袋取出一把螢光色的鑰匙，緊接著她像是轉換氣氛一樣轉向我：「換你說了，雷恩留下來的訊息是什麼？」

一時間我沒反應到她所提及的「訊息」是什麼意思，直到我意識起自己曾說過這件事。

「我無意間注意到的，沐浴點附近的某棵樹上刻了一串字。」我說。

「字？」

「那是屬於我們的文字，不是你們的文字。我一看便知道應該是雷恩的字跡。」

「所以上面刻了什麼含意的字？」

「比爾，一名自稱見過『森林』盡頭的動物。」
「沒聽過。所以代表著什麼嘛，不要賣關子了。」
「我想想看我要從何說起。總之，神廟有一群人在研究『森林』的盡頭，以往似乎從未有動物能到達，只留下一份殘缺的研究數據，顯示那名叫比爾的動物表示自己曾到達過盡頭，透過一種名為『反迷失』的方式。」
「反迷失？」宇莎琦仍一頭霧水的樣子。
「詳情我其實也不清楚。但雷恩留下那個只有我看得懂的線索，或許也意味著那是一條引導至終點的繩索。」
「會不會是叫艾塔的女人留的？」
「我都說那是雷恩的字跡了。我不認為艾塔會特地做那種事。況且她都給我地圖了。所以，我手上現在有兩份線索。」
「看來你已經賭在那渺小的希望裡了……」黑暗中我看不太到宇莎琦的臉，不確定她是失望的神情還是什麼。
「反正也沒別的選項了吧？乾等可不是什麼好方法。」我說。
「是啊，那我打開囉。」語畢，宇莎琦便在黑暗中用螢光色的鑰匙插入我看不見的鑰匙孔，接著順勢將鑰匙往右轉了一下。森林中漆黑的沉默仍舊，偶爾吹拂不安的風，倒是發出越來越大的風聲，在樹葉及木林間呼嘯著。
在我眼中什麼都沒發生，連一點異樣感都沒有，至少來個開鎖的聲音也行，但什麼都沒有。

「烏托邦，我會再回來的。」黑暗中只響起宇莎琦溫柔而堅強的話語，像直挺挺的光芒投射至星空一樣堅定的宣示——當然，是我的肉眼看不見的。「走囉。」宇莎琦說完便關起手電筒，逕自走進黑暗裡。

這已經是不知道第幾次我被困在一片烏漆抹黑裡頭，無奈之餘，我也只能跟上她的腳步，「森林」有它專屬的法則，縱使我們不確定，如今是否還存在？

小璐胸口那一抹顏料，在我腦海深深烙印著難以消去。她是不是早就預料到有一天自己的身體可能也會崩解，所以她寧可默默地消失，不留下什麼卻同時也不帶走什麼？

我意識到，我的眼睛是閉上的，睜開眼後，眼前仍是一片寂寥的森林，但天空是暗沉沉，少許的星星一點點地釋放著微弱的光明。原來這才是正常外頭世界的星空，我們真的出來了。

「出來後才是危險的開始，你可別忘了。我們的首要目標是要確認雷恩及騎士團的存活，次要才是確認現在的時勢。」宇莎琦說。

我回她，我當然知道。

我本來就不打算投入危險的戰場，說穿了就是我現在什麼都辦不到。我表示想先去阿法森林的出入口確認狀況，被宇莎琦制止。她說，首先現在根本不知道我們的方位，第二，入口也可能早已被敵人占據。

「如果我們的預測是沒錯的話，現在寅應該正讓手下們找尋你的下落。因為你是他唯一不確定的危險因子，所以我們應該從阿法森林的周圍處離開。」

但我想起拉爾曾說過，阿法森林只有一個出入口這件事，便告訴宇莎琦。

「有這件事嗎？我不知道。因為我也是第一次離開烏托邦。」

「那把顏料的鑰匙只能在烏托邦使用嗎？」我姑且一問。

「不知道。」宇莎琦聳了個令人討厭的肩。「要嘗試看看嗎？」

好，我說。有嘗試總比沒嘗試好，結果是一點用沒有。

寒風刺骨，外頭的天氣比起烏托邦更壞了些，瑟瑟發抖的宇莎琦放棄了，我們選擇從唯一的出入口出去。由於時間的關係，只能戰戰競競地在夜晚的森林悄聲步行，誰知道一覺醒來後會不會被寅的軍隊抓到？

迎來破曉，晨光狠狠地劃破被陰暗籠罩的天空，大地再次甦醒。而我們摸黑跋涉後，終於抵達了森林的出入口。

出乎意料的是，這裡沒有任何動物在看守或巡視。

「和我們預測的不太一樣。」宇莎琦說。

「這樣也好，趁著他們一時疏忽，趕快離開吧。」我說。

乘著馬車，我們也花了不少時間才趕到阿法森林，由此推算，如果用步行的方式趕赴神廟，可能需要更多天。

「兩個月都等得下去了，不缺那幾天吧？」宇莎琦說。

我和宇莎琦確實環視四面八方，沒有任何生物的蹤跡。宇莎琦輕巧地跳上一顆相比周圍較高的針木頂端從上方俯視，挺有航海瞭望手的架勢。

「這一帶完全沒有任何動物的跡象。」宇莎琦說。

「這樣反而更令人好奇現在『森林』的動向到底是怎樣。如何，繼續往神廟邁進嗎？」我說。

宇莎琦點頭表示同意。

雖說我們都是第一次步行至神廟，憑藉我一路上不怎麼牢靠的記憶，還有艾塔所提供的地圖，再繼續往前，我們便慢慢地脫離森林的區域，到了較為平坦的丘陵地帶，原本就有備妥食物和水，只要方向對了，就還能撐下去。

「你之後也打算去『黃』見叛徒嗎？」宇莎琦問。

「是啊。所有的糾葛都要在那裡做個了斷。」我說。

「所以其實你心裡早有點頭緒了。」

「一點點吧。不可否認。我想那些頭緒本來就像潛意識般長駐心中。發覺前都會矢口否認，直到察覺的那一剎那，才知道自己之前一直所擁立的都是錯誤的證明。」我真是貼切地說中軟弱的自己。

明知道情況很急迫，我和宇莎琦卻仍以散步般的速度漫步在平原，一個沒有任何生物、靜悄悄的平原。

穿越平原後，是一片高原荒地。「森林」的地形起伏如同季節一樣有著劇烈的變化，原本是綠油油的草地，沒多久卻已是荒蕪死寂的土地，並伴隨陡峭不一的高原地形。我們身體的適應機能直線下落，光行走就有點喘不過氣。

「動物們會不會都滅絕了呢。」宇莎琦像自言自語地望著前方說。

「如果是的話就太有趣了。各種意義上。烏托邦也就成為『森林』唯一的淨土了。」我說。

「如果真的是這樣，『森林』乾脆就改名叫『烏托邦』不就好了？」
也對，我說。
那終究是幻想。
等待著我們的是前方殘忍的景象。一具又一具的死屍躺在沒有溫度的沙場上，好幾把武器破碎的散落在地上，也不知道延續到哪。我專注確認有沒有存活的動物，很可惜落空了，只有一具具失去靈魂的可憐軀體而已。
「看得出來是哪個陣營的嗎？」我問。
「看起來都有呢，從刺青就知道了。」宇莎琦說。
似乎兩邊陣營曾在這裡發生衝突，並且造成不小的傷亡。我一面忍著不適，一面注意有沒有認識的動物，幸好都沒有，雖然我不知道是否能稱為「幸好」。
簡單地為死屍默哀後，我們繼續往前。荒漠的狂風捲著沙，像受叨擾而憤怒的小鳥般撲襲至我的肩膀上。頭髮及衣服每一處都參雜著凌亂的沙，我撥開黏附在頭皮上的沙，宇莎琦也頻頻清理她的皮毛。
夜晚如順應劇情終結而拉下布幕般，再次無情地覆蓋住「森林」。
被黑暗充斥的「森林」是相當危險的，拉爾曾這麼告誡我。縱使在一望無際的荒地中，也難保不友善的惡意是否會突然出現。我們必須盡快找到安全的地方紮營。幸運的是，在跋涉許久後，從大小不一的突出岩石中，發現一個凹陷的洞口，便將那做為今晚的落腳處。
「好想洗澡。我感覺汗水都堆積在我的毛皮裡，都有悶悶的汗味了。」宇莎琦說。

「忍耐點吧。這裡應該不會有噴泉之類的地方吧。」我說。

「誰知道呢?不過才出來一天,我就覺得我們是否太有勇無謀了,連帳篷都沒帶。」

「畢竟帶太多工具一定會被其他居民發現吧?」

「我說要盡快解決才沒有想那麼多,真想趕快讓那些煩人的動物們死掉。這樣世界才能平和點。」宇莎琦久違的危險發言。

「今天確實看到一堆屍體。妳都不會覺得噁心嗎?」我說。

雖然是動物的死屍,但那麼大的數量可是相當折騰我的胃及食道,嘔吐物在喉嚨裡浮浮沉沉,形成一股熱意,現在想到仍覺得反胃。

「說噁心還是會的,但我已經有點習慣了。畢竟我們家族是引導水晶的使者,沐浴點對各大勢力來說也是相當關鍵的戰略位置,因此水晶附近時常成為爭奪的戰場,小時候父母便是帶著我們穿梭在戰火之間、拚了命地守護先祖們代代傳承下來的水晶。爭奪過後的慘況,即使不想看也會被迫看到。」

「妳父母後來……」一開口便覺得我問了個不該問的問題,但覆水難收。

「他們都死了噢。我和我姊也差點慘遭毒手,但伯克斯哥救了我們。」

「伯克斯似乎看著你們長大的對吧?」我說。

「是啊,以前阿法森林裡也有村子,養育著我們的村子。但後來被寅毀了,伯克斯哥帶著我們逃到別的村落去,也是在那裡遇到雷恩。現在想想,他真的是我們的救命恩人。」

「不對,現在才想到嗎?」

「然而我們作為引導者，卻在這次失敗了。我們沒辦法引導你沐浴，我們曾引導過很多動物沐浴，但這次沒辦法了，可能是情感已經喪失殆盡了吧。」

宇莎琦看著剛生出火的火把上的火光，眼球浮現起火紅的明亮。

「情感這種東西，也許早在多年以前就麻木了。你覺得這算『森林』的詛咒嗎？這裡並非美好的理想國度，而是充滿血腥及殺戮的無情世界。身處在核心中的我們難以避免血光之災，但也可能是我們盡可能避免使用心，所以心鏽蝕壞了，堆上滿滿的灰塵。」宇莎琦拿起先前備妥的木材丟進火裡頭。「有時候會覺得這樣比較幸福，讓弱點無效化，便不會再被攻擊，至少心不會痛。只不過我感覺到自己某部分還是很脆弱，若不是有姊姊一直在身旁保護著我們，我想我早就死去了，首先是心死，接著身體也慢慢死去。對了，再告訴你一件勁爆的事，卡帕爾哥以前甚至是里翁派去寅陣營的間諜呢。」

「……這太震撼了，我不知道該說些什麼。」我說。

「對吧？我聽到的時候連續笑了整整三小時，連我都覺得不可思議。之後只要碰到他我便要忍住那股笑意，很辛苦的。」

「不，你這樣也未免太過分了……」

可憐的卡帕爾。

宇莎琦轉移話題讓她家世的話題畫下句點。本來就是我錯誤的提問導致的，我也不願追問什麼。即使身在烏托邦，她仍透過遺忘或擱置的方式讓自己重新歸零。這一點和雷恩相似，失去的記憶，便擱置在一旁，往新的方向邁進了，但和艾塔剛好相反，她持著所有記憶卻被迫失去了心，即使有了意念，卻只能暫時遺忘，直到下定決心找出屬於自己的道路。

只是雷恩和艾塔的遭遇，就結果來說他們都正找尋屬於自己的未來。那宇莎琦呢？她只是順應著「森林」流勢的推動，一邊作出對應措施，並非自己主動開拓，好像冥冥之中有道光一直引領「森林」裡的動物及人類往他們所不願意走的道路前進，且沒有任何挽回機會。

但是，我希望能由我斬斷這錯誤，並讓錯誤通過我身體裡的隧道，以可逆性的方式退還給「森林」。我們是不好惹的，我在心裡對「森林」說。

突然之間，「有聲音在接近。」宇莎琦的兔耳倏地前後劇烈晃動。

我們趕緊起身將火熄滅，並逃往洞口裡未知的深處，躲藏在岩石背後埋伏注視，看這時候會是誰造訪。

「這裡剛才有火光，看那邊，有生物的痕跡。」

一個如補丁般粗糙的聲音出現，真要形容的話，實在比鋸木頭的聲音還難聽。但有一點熟悉，我仔細聆聽，同時，濃郁的焦油味也參雜在空氣裡頭飄盪過來。

「從燒焦木頭的溫度來看，應該剛剛才熄滅。看起來也只能往裡頭跑了吧？」我想起這尖銳的聲音及伴隨的翅膀拍打聲了，是寅陣營的鸚鵡——佛洛可。那個難聽的聲音應該就是跟班的狼吧，不過我忘記他們的名字了。

從腳步移動的聲音聽起來是毫不猶豫的往我們的方向過來。宇莎琦緊緊抓住我的衣袖。狼的眼睛即使在黑暗中也能看清楚嗎？我思索著這件事。我們只能緩緩地往更深處移動，畢竟我沒有像熊爪的武器可以反擊，而宇莎琦又是一隻兔子，我們很明顯就是被狩獵的那一方。

為了在黑暗中順利前行，我的腳會習慣性往前方畫一個弧形，確保有地方可以行走後，再繼續前進，但偏偏在我的腳不慎踢到岩壁而發出聲響時，這個妙計反而成為巨大的絆腳石，宇莎琦狠狠地捏了我的手臂。

「好痛……」我驚呼出聲。

「有聲音！」黑暗中的野獸的低吼聲從後方吐出並靠近。我想只能應戰了，做什麼都好，但此時腦袋已經是一片空白。

「是人類！佛洛可，是被熊帶走的人類！」不知道哪隻狼說。

「太好了，這樣寅大人肯定會開心的。」佛洛可拍打著翅膀的聲音也越來越近。

眼前一片黑暗，我無法掌握他們的方位，怎麼辦？不能總是等別人給我答案和幫助，但無奈的是我確實什麼都做不到。

「真想不到還能再遇見你，完全沒打聽到你的消息，我以為你已經死了，原來是躲起來了？」佛洛可的聲音在黑暗洞穴中迴響著。

「還有隻可口的兔子呢。」狼的貪婪在黑暗中膨脹。

「我想我不屬於任何陣營。」我說。

「是嗎？看來拉爾他失敗了嗎？真是可笑。放心地來虎的陣營吧，現在還來得及，我們要永遠地統治『森林』了呢。」佛洛可說。

「那是虛偽的統治，是暴政。無視這片大地的眼淚。」宇莎琦堅定地說著邊緊緊抓住我的手臂。

「誰在乎？我們強調的不正是結果？『森林』不就是弱肉強食嘛。誰在意那一點微弱的正義，只要能得到財富及地位，其他的事情不都顯得不重要了。還是你們為了堅持正論，可以讓狼撕破妳的咽喉，結束最後一口氣？這也是不錯的選擇呢。」

「是啊，這片『森林』裡頭最醜惡的動物是你們。」我說。

「普朗、開特，給人類一點教訓吧，傷重到不能反抗的程度就好。」

剎那間，我受到一個沉重的物體撲擊、背朝地面狠狠倒下，頭部也受到撞擊產生強烈的暈眩，我還感受到狼的毛及爪子撲向肌膚，熱呼呼的喘息及一滴一滴黏著的口水。

「我想要那隻兔子。」

「喂，等一下，宇莎琦是無辜的，別動她。」我朝後方大喊著。然而一雙爪子壓著我的喉嚨，受迫下我吐出了些口水，呼吸被壓抑著的感覺非常痛苦。

狼在我耳邊說：「你連自己都保護不了還想做什麼？」

此刻，因為某種鼓動，我心跳的頻率越來越高，這一瞬間我只聽得到心跳騷動的震動聲——正因為什麼都做不到，才有去嘗試的價值、正因為已經在谷底了，所以即使失敗了也無所謂，我也不在乎什麼正論反論，本來角度的不同所看見的結果就有所不一。

可逆性，讓那些看似結論的事實通過隧道還給時間。

「不要去質問，而要去實踐。」人造「地獄」裡的惡魔這麼說。

「可能是你決定，但可能是更深層的你。」統合後的星星這麼說。它也說我可能再也見不到它們了，事實也是如此。

飄浮在旋轉的宇宙中，隨著星雲舞動像碎花瓣的那些隕石、懸浮的悔恨，及被隱藏起來的過錯，在無盡的星塵間顯露出一絲光輝。兩者悄悄地交錯，壯闊的光雨落在偌大的星海中。我看得出每道閃爍的光都是一個顯而易見的錯誤。

在一晃而過的時間帶中，我閉上眼。我想我找到了躲藏在「森林」裡的真正的星星。

我感受到一直以來引導我的那道光。引導著「森林」的星光，彷彿要吞噬掉我整個人一樣，灼熱感在胸口劇烈起伏。

原本黑暗的岩洞，霎時間被一片淨白的光所填滿，即使沒張開眼，感官也感受到這股烈光的刺激。壓在我身上的狼倏地跳開並發出淒慘的叫聲，我狼狽地爬起，摸索著一把抓住宇莎琦纖細的手往深處跑。背後幾隻動物們的痛苦慘叫聲仍迴盪在那片異樣亮光的空間，我們拚了命地往洞穴裡跑。

「先不要張開眼睛。」我對宇莎琦說。

「好，但為什麼不往出口，而是更往裡頭跑？」宇莎琦閉著眼問。

「憑感覺而已，更何況即使往外跑，在一望無際的荒地中我們又有什麼把握跑贏一隻狼？。」我說。眼皮底下的墨黑閃爍著一道彷彿冥冥之中指引的光輝。

果不其然，洞穴深處有和其他洞穴相連的地道，某種既視感催促我的方向指引。我的胸口不過癮地燃燒跳動著，地道裡頭有個寬敞的廣場，在確認後方無追兵後，我們放慢腳步，稍微喘息一下。

光已經消失了。

「好險那一瞬間我沒睜開眼。」宇莎琦說。

「我想就算妳睜開眼也不會有事的，應該吧。」

「那是星星所發出的光，對嗎？」

「我也不確定那是什麼。但或許跟我的能力有一點關係。」

「應該沒錯吧。畢竟你有著特別的星星。那是別人所沒有的。也許正是那道光讓『森林』的詛咒崩解的。」

「我不知道。」我說。「引導我真實性的是妳們還有烏托邦。但引導錯誤的、不正確性的或許就是那顆星星。」

「真會說話。」宇莎琦誇張地咧嘴大笑。

我聳肩表示真的沒什麼好笑的。

「你覺得被那烈光直接照射的雙眼，會怎麼樣呢？」她好像還沒笑夠，希望能從其他地方找出更有意思的笑點。

「腦袋能清醒點就好。」我說。

宇莎琦笑地更浮誇了。笑聲在寬廣的山洞產生了諷刺般的回音。

原本以為打算就寢的身體因突發狀況來襲而顯得更加疲憊，但說來奇怪，現在反而一點睡意都沒有了。無意間發現的洞口、意外的敵人還有深不可測且懸疑的地下洞穴。所有情節都圍繞在隱隱發亮的那道光上，我就像虛假的知情者策劃了這齣戲，縱使從高處俯瞰萬象發生，卻可能又會在瞬間失去掌控力。

鐘乳石上的水滴，與沉穩的風在通道內吹拂，不過洞穴仍蔓延著一股低壓，彷彿在警告我們的非法闖入。地面並不如外表地形的堅硬，而是有點偏軟，可能和地下潮濕有關。果然是很不可思議的地方，我由衷想著，捕捉時間的感官在洞穴裡頭好像流失了，這樣的形容很怪，但我總感覺我走在星球的上方，且是貼著球體邊緣的上方。我把這種感覺告訴宇莎琦，她說這是很爛又很俗的形容，不過她也感受到差不多程度的怪異。沒多久前方出現了一共五條方位往上的分岔道路，也許五條都能通到的出口，也許都沒有。

「只能選擇其中一條吧？」宇莎琦說。

「是啊，選錯了或許也就回不來了。」我說。

「還是我們各走一條，這樣五分之二的機率也比較高了吧？」

「然後碰到問題時百分之百的陣亡。」

「這倒是，我們都很弱。」

我選右邊數來第二條。宇莎琦問我這也是星光的引導嗎？我說不是，這次真的憑直覺。

「那就試看看吧。」宇莎琦說。

這條路可說是一條走來相當吃力的道路。由起初的筆直到後面的蜿蜒變化、一會高低起伏，一會兩旁牆壁又往內縮變得狹窄，可以說毫無規律性。就像小時候玩的泡水恐龍蛋，浸泡在水中逐漸膨脹變大，疲倦感也伴隨著時間的拉長跟著壯大。

「真的好想好好沖個澡，希望有洞穴湖。把身上的汗水及髒汙都沖刷掉，整整一天沒有洗澡的感覺真的好黏膩，又好熱。剛才野狼的臭味還在我身上揮之不去，好噁心。早知道離開烏托邦前就好好沐浴一下。」宇莎琦發著連珠砲似的牢騷。

我就算了，我說。

真虧她在這種時候還在想著這種無謂的瑣碎小事。不過確實那種汗液的粘膩感我也很厭惡。頭皮會出油、發癢，像我這種沒什麼毛的人類也就罷，對有毛皮的動物來說可能就難耐了。我應該體諒她，但這裡真的會有洞穴湖嗎？

孤獨的洞穴滿溢著我和宇莎琦空泛的腳步聲，每踩一步就能發出迴盪好幾層的回音。聲音傳播出去後又會以更飽滿的姿態送回，此起彼落的腳步聲互相撞擊著。從某時開始我們便都不再開口。除了疲勞感駕馭全身外，心理上那看不見出口的折磨才是令人難受的主因。

「真的是這條嗎？」我忍不住開口說。

沒有任何回應。我的聲音也加入了浩大的交響樂裡頭。

「就算不是，難道你有往回走的打算嗎？」宇莎琦語氣癱軟地說。

「我認為我暫時沒有這種打算。」我說。

「我是這麼想的，」宇莎琦沒隔太久的停頓後說。「走哪一條路都一樣，最後都會匯集在一起，或許會是截然不同的過程，但是都導向相同的結局。」

「為什麼會這樣想呢？」我不解地問。

「很簡單，你心中的星星在先前正在醞釀著什麼，所以一直以來你都得忍受著那灼熱的折磨，然而如今，星星已經不需要在你心中燃燒了，星星已經被具現化了，你才能依循著那道虛實的光往前。對我來說走哪條路已經不再重要，一切都取決你的光。」

「首先，我是沒感受到什麼灼熱的感覺，但我心中的星星確實困擾著我，同時我對於我心湖反面的城市也感到困擾。當所有來自心裡頭的事物都被具現化時，是既赤裸卻又失望的。」

「我說過吧？你很自卑。」

「我多希望那是妳諷刺我的玩笑而已。」我搖頭表示無奈。

「好吧，那是玩笑沒錯。沒那麼糟的。我們只能往前看，然後變得更好。」

不知道過了多久，我對時間的掌握越來越沒有把握。在洞穴的深處黑暗裡頭，看不到太陽、看不到月亮、更不用說星星。所謂的物換星移彷彿已被隔絕在宇宙之外，被隔絕在我們之外。或許只過了十分鐘，或許過了十小時、甚至十天，不過在生理上尚無明顯反應，我想還不至於有足以讓人筋疲力竭的時間。由於不確定佛洛可和狼他們會不會從後方趕來，我們還是維持一定的速度向前探索。體力上的折磨無可厚非，但眼前毫無止盡的終點及拉長的時間帶確確實實地令人身心俱疲。

正當我又想說些什麼的時候，宇莎琦的耳朵像是有什麼反應似地晃動起來。

「有什麼在聒噪著。」她迅速地往前方跑去。我也拔腿跟上。然而只有一道由奇形怪狀的石頭組成的詭異石牆擋住我們的去路。宇莎琦靠在牆上側耳傾聽。

「牆的後面有聲音。錯不了。」宇莎琦說。

「但要怎麼做才能穿過這道牆。我感覺蠻力是沒用的。」我說。

我們在牆的四周尋找特殊機關之類的存在，不過沒什麼不尋常的地方。普通的牆。花了這麼長時間在盡頭迎接我們的竟然是一道無情的牆，正當我絕望地靠在牆上時我感覺到好像什麼齒輪在動的聲音，原本毫無生氣的石牆就像被賦予靈魂似地緩慢動了起來，灰塵、碎屑漫飛，深深一層土灰證明了這些石牆都是長年下來的累積。

「竟然就這樣動了。你做了什麼嗎？」宇莎琦說。

我也不知道，我說。

「神壇後竟然有動物或人類的存在？」沙塵中傳來這道問題。

「這是什麼情況？」宇莎琦說。

宇莎琦所說的，是在石牆打開後所露出的一張張動物大臉所發出的聲音。每一張動物的臉皆錯愕驚恐和目瞪口呆地注視著我們。

「請問這裡是哪裡？」我問。面對我的提問，動物們面面相覷，你看我、我看你的望著彼此。

「請問，」其中一隻猴子舉起手有禮地說：「您是神嗎？」

「不是，哪有這麼蠢的神？」我決定打破他美好的幻想。

動物們開始議論紛紛。我撇過頭不知如何是好地看著宇莎琦。她從背包拿出之前艾塔給的地圖展示給這些動物們看。

「我們想知道你們現在的位置。」宇莎琦說。

其中一隻山羊指著地圖上的某一處說：

「這裡是塔可城。我看看⋯⋯就在坎城堡旁的城市，這裡。」

「怎麼可能……」宇莎琦吃驚地看著地圖。

怎麼了嗎，我問。

「我們不久前才在阿法森林附近而已，地下通道再怎麼廣大也不可能在短時間內穿越過這麼大片的荒漠到虎的領域附近啊。」

坎城堡，我對這地名很熟悉。我努力在腦海裡搜尋。坎城堡……對，我想起雷恩曾說過人造「地獄」走漏消息的其中一個地點便是坎城堡，虎的領域外頭的坎城堡。

「等一下，這不代表我們就在虎的勢力範圍內嗎？」我用戒慎的眼神看著這些動物。

「你們是獅子陣營的嗎？」山羊問。

我沉默以對，應該說我不知道該怎麼應對。我想他們同時也察覺到我警戒的目光，彼此間的討論更加熱絡。

「我覺得好像不是你想的那樣。」宇莎琦說。

「我也滿混亂的。」

辛苦地穿過眾多動物群的山羊擦了汗、推了推他的眼鏡後說：「你們是從遠方的高原來的嗎？我曾聽說天狗之洞的地下通道能穿梭空間的變化，也就是橫跨空間應有的限制。我一直都想研究這個理論，然而這道牆在剛才之前可說是從未開啟過。你們到底是什麼身分？」

「這洞穴叫天狗之洞嗎？聽起來好噁心。」宇莎琦說。

「妳應該再抱持一點敬畏之心的」我說。

「你們在這裡做什麼呢？」宇莎琦問。

「說來複雜。但有些動物正膜拜著從你們出現前還好好的神像，也就是被石牆推倒的神像。不過我不是，我是個煽動混亂情勢的混帳而已。」山羊果決地說完。

完全聽不懂，宇莎琦說。我也是。

在一陣騷動中一隻壯碩的老鷹推開不知所云的動物們走到我們面前。

「薩卡先生，禁閉的石牆剛才打開了，而且跑出人類和兔子。」山羊說。

****

離開神壇的洞穴後，薩卡展開羽翼後說：「我載你們去城中央的會議廳吧，那邊現在正開著重要的會議，若你們兩個能參與對於這城市是再好不過的事了。」

但我沒有立刻行動。或者說我很躊躇該怎麼做。

「你知道叛徒是誰嗎？」我凝視著他。宇莎琦遲疑地看向我。

「原來如此。」薩卡收起羽翼後笑著說：「你認為我有可能是叛徒對吧？」

「不能排除可能性。你和里翁應該算親近吧？況且你們無端地消失在阿法森林的入口，讓我不禁懷疑其中的偶然性。」

「里翁大人是我的救命恩人。我不可能殺了他。不過這樣講也沒什麼說服力吧，但應該也沒有背叛者會得意地說『嘿，沒錯我就是叛徒。』吧？」

迎面而來的風乘著氣流像被切成絲的拂過我的面容。

「雷恩還有神廟怎麼了，你知道嗎？」宇莎琦問。

「雷恩在一個月前和我們會合，現在大夥應該還在神廟周圍和寅的陣營交手。至少我沒聽到誰落敗的消息。」

「這樣也不算什麼好消息吧。」我說。

「抱歉，看來你對阿法森林的事仍耿耿於懷。但我們當時遭遇襲擊了。寅派出了難搞的三騎士攻擊我們，很大的可能性他掌握到我們的行蹤。但遺憾的是，我們找不到叛徒。他手法相當高明，使得我們每一隻動物都有嫌疑。若不是雷恩出現統合了陣營，我看神廟早就淪陷了。」

「你是不是也被懷疑著，才淪落到這裡。」我說。

「哼，一半一半，」薩卡的表情顯得厭惡不快。「當然作為和王最親近的將軍，我和諾可都被冠上相當大的嫌疑。不過在沒有任何證據的情況下誰也無法再說什麼。只是都臨大敵之際還因內鬨而鬧得不可開交，想到就覺得不勝唏噓。更何況我也受不了那種刺眼的視線，好像就是在說『我一定會抓出你露出來的馬腳。』，整個氣氛都不太對。對方真的下了苦心在這一塊。」薩卡停頓一會後說：「我認為叛徒是複數。」

「也就是可能有人負責下手，有人負責帶起神廟裡頭的慌亂？」

「如果真是這樣也就完蛋了。不能指望神廟。」薩卡說。「事實上，不滿虎的暴政的動物非常多，他們組成了類似革命組織的團體，就在這座城市醞釀著革命。」

「也就是你剛才說的會議嗎？」宇莎琦說。

「是啊。主子死了。我也沒資格稱為將軍了。我只想找尋著能粉碎『森林』之王的突破口而已。對我來說革命已經是唯一的方法。讓不滿的動物舉起干戈，化民粹為力量。」

「那雷恩他們呢？」我說。

「很遺憾，只能作為牽制的手段。但神廟現在正面臨著直接衝突的戰爭，撐不了太久。塔可城距離虎的領域雖近，卻也因此讓他們疏忽，所有戰力都調度到神廟去了。」

「這就是突破口？」宇莎琦說。

「沒別的辦法。」薩卡說。

從高空俯瞰城市的景色相當宜人。穿越過充滿著古老氣味的大街小巷後，看到一棟紅色建築物。

「那就是會議廳。不過會議可能結束了。」

「我們也只是一種催化劑之類的東西吧？」我說。

「至少他們認為得到迷失人類的力量是一大助力，你掌握到那股力量了嗎？」

「一點點。」我說。

「那就夠了。」

薩卡從靜謐的角落著陸。建築物裡頭擺放著好幾座雄偉的雕像，細看才發現和神廟外頭的雕像相似，鳥和大象，最古老的王者。

「正確地說是和平的象徵。」薩卡說。

我以深含意味的眼神注視著他。他以「森林」動物的敏銳直覺看透我的心思。

「我知道你會認為我想稱王，但這太不實際了，我只是個科學家。只不過動物們需要一點象徵性的力量，而我剛好擁有。」他毫無避諱地說。

這幾座雕像和神廟附近的「古蹟」相比狀況都很好，像剛雕刻完的新作品。

「薩卡先生，那位是？」迎面而來的信天翁用著恭敬的語氣詢問著薩卡。正大門之後是揚長而彎曲的狹窄通道，通道的盡頭是位在建築物角落位置的大廳，可以說是滿特殊的設計。兩座雕像擺放在寬長的階梯兩旁，五顏六色的門則靜靜地沉睡在走廊的牆上。信天翁正從其中一道綠色的門走出來。

「他正是我先前提到的人類。」薩卡回應道。

「原來如此。看來事情越來越往好的方面邁進了呢。」他高興地搓起翅膀。

「還不能高興太早。對了，伊立凡在嗎？」

「伊立凡先生就在會議廳。雖然會議結束了但他仍在做一些討論。」

是嗎。薩卡回覆後便帶我們去會議廳。在爬過幾層向上的旋轉階梯後有條看不見盡頭的走廊。

「這邊開始要小心。為了避免閒雜人等的闖入，我們將一點詛咒的餘韻布置在走廊上，沒有被引導的動物就會走失到黑暗世界。」薩卡告誡著。

「那是怎麼樣的世界？」我問。

「只有無限的黑暗。比起地獄還恐怖吧。總之只是以防萬一用而已。」

又是黑暗，和通往烏托邦的入口有著異曲同工之妙。不過這裡的比較有著冷漠的視線，宇莎琦在一旁這麼說。

薩卡的聲音已經傳達不到這裡了，咖啡色的羽毛掉了一根，在黑暗瞬間消失。摸黑走在陰暗的走廊，一盞燈都沒有的寂寞被擴大的照射出來。確實是冷漠的黑暗。

我還來不及吞下一口口水，光明又再次回來。

「不好意思要用這種方式歡迎你們。但近期虎陣營多少有察覺到一點異變，所以動作變多了。為了提防所以搞了點把戲。」眼前一頭穿著西裝、高大的大象向我們道著歉。

「介紹一下，他就是伊立凡。革命組織的首領。」薩卡說。

「免禮了。時間也不多了。你就是迷失的人類對吧？我們對你充滿期待。據我們的情報，現在虎陣營的人類剩一位，能讓靈魂死而復生的奎爾，但他終究有點年紀了。你的能力是什麼？」

我猶豫中看了下薩卡，他眼神堅毅地看向前方。

「光。亮眼的光。」我說。

「原來是強大的雷射光嘛？那真是不可多得的力量。」伊立凡笑著拍起了手。

就隨便他說吧，我想。

「這一兩天我們預計會有一波行動。屆時你就跟著我們靈機應變吧？」

「我會帶好他們的。還是要以他們的平安為優先。」薩卡插進話題。

「什麼樣的行動？」在離開會議廳後宇莎琦問。

「簡單來說我們會以日常供奉品的運送名義拖著藏著士兵的馬車前往虎的領域，拿捏好時機一口氣入侵。」

「聽起來成功機率還算滿高吧？」我思考著。

「但如果可以，我仍不希望你同行。說實在我連你們怎們從天狗洞穴打開石牆來的都不知道。該說幸運還是不幸呢？畢竟若你們就這樣子抵達神廟，可能會被戰火波及，只是如果從洞穴連通到這裡，也將會染上一片血海。」

「反正不管怎麼樣都避不開。」我說。

「是啊。」薩卡附和。「但我會希望，以比起鳥和大象，你能成為更具備希望的象徵存在。」

「一開始就和運氣無關。是被引導著。」宇莎琦看著我胸口的部位。正確說應該是胸口明亮的星星。

薩卡也陷入了沉默。

「比爾。比爾後來怎麼樣了？」我突然問起八竿子打不著的問題讓薩卡一時愣住。

「你說到過盡頭的比爾嗎？怎麼突然這麼問。」他狐疑地問。

「雷恩留給我唯一的線索正是比爾。」

薩卡一副攪開自己的腦漿不斷在翻找答案的樣貌。「老實說我沒有頭緒。」

「你真的不知道去盡頭的方法嗎？」宇莎琦問。

「如果知道我早就喜孜孜地展翅奔去盡頭了吧？」薩卡說。

確實他說得沒錯。這沒必要隱瞞。問題在於這線索到底能串連出什麼東西。未明朗的事物仍堆成一大疊。

塔可城，被高大的石壁環繞。說是城，但也只是聳立著幾棟稍微高一點建築的大型部落而已，其餘的建築保留著專屬於「森林」特有的風味特色，讓這部落有著一點魄力和尊嚴。

關於這部落的誕生，有一說是距今百年前，附近的坎城堡在不知名的原因毀滅後，殘存的動物們將家當還有希望一同帶到附近的閒置空地，建起石牆抵擋外敵，並保留著神祕的宗教色彩，讓這座城以另一個樣貌復甦。先前造訪過的東貿村也是類似的情況，在百年前遭遇毀滅。在「森林」不知多長的歷史中，毀滅與重建是斷續的循環，通往著錯誤的輪迴。

「這兩件給你們，現階段還是以低調為主。」薩卡說。我又再次套上熟悉的紅色披風。只是這次拿到的比較新。

「拉爾他們還好嗎？」我問。雖然我不喜歡他們，但我想並不是那麼直率的討厭。但街上的嘈雜聲掩蓋過了我的聲音。薩卡沒聽見我的話便繼續說明。

「原本有不少寅的手下駐軍在此，但在神廟之戰開打後幾乎都被調度上戰場，也就是說此時的戒備程度是最低的。」他沒繼續說下去。但我想後面保留的話正是他對戰爭的覺悟。對於厭戰、渴望終結「森林」錯誤的決心。

我也曾想過這到底是屬於誰的錯誤，但沒有答案。大家都在思考著究竟要以為了誰而戰的名義生存下去。

薩卡和突然出現在我們身旁、右眼上有道傷痕的兇狠鱷龜咬起耳朵說了些悄悄話。龜，終於又看到龜的存在了。薩卡撇過頭用相當微弱的音量說：「今晚十點計畫展開。要不要跟由你們自己決定。我當然是建議你們潛伏在這裡就好，戰爭不是兒戲，還沒準備好的話只有喪命的份。」說完再次用堅毅的眼神輪流看向我和宇莎琦後，便展開雙翼往天空翱翔而去。

「我滿喜歡那隻老鷹的。」宇莎琦笑著說。

「是啊，他某部分來說很壓抑自己。」我說。

「你怎麼想？」

「如果可以的話我也不想去。但現在的趨勢已經是流動的水在推動著我了。逆著游反而是白費力氣。」

熱鬧的大街上仍感受不到隱藏在背後的勢力正策劃著反抗的號角。

那股瀰漫在城鎮裡頭的異樣感正被滋潤而逐漸壯大。同樣的，令人焦躁的既視感也正困擾著我。當我看到街角的獸籠。裡頭關著幾隻陰暗的動物，旁邊插著根木製招牌，上頭寫著「罪名：叛國罪」，擺明著是針對革命組織殺雞儆猴的手段，這些獸籠滿布在塔可城各處角落。距離虎的領域最近的部落不免俗地受到最嚴苛的對待。這些獸籠在在證明了那壓抑不住的憤怒。幽靈和失能，兩名人類的能力相輔相成之下，明目張膽地以犯罪的名義來奪取靈魂的蠻橫正義。

「這就是所謂的失能的能力吧？那女人所造成的罪。」

「是啊。空有軀殼，卻沒有了內在。比死都還不如。」我說。

「然而你的口氣比起他們都還要更加冰冷。」宇莎琦說。

虛偽的和平只是絆住腳步的阻礙。塔可城壯麗的景致及絡繹不絕的街頭人潮都澆不熄這異樣感，因為這裡的存在便是異樣感本身。再多古色古香的文化也只是誤會的交疊罷了。那道星光好像又在我胸口鼓動著。

九

時間像被急流沖刷的石頭，一點一點消磨掉並形成特有的形狀，若說我的存在是什麼樣的角色，大概就是被後方急流推向前方的虛弱水流——溫柔地接觸著石頭，感受幾百年來各個角度的痕跡和每一瞬間，縱使從頭到尾我都很弱小，最後只能被更後方強勁的水流推走，離開了石頭，連一根手指頭都觸摸不到。

我的被淋漓盡致刻畫的一生，只不過相差那麼一點、就再也觸摸不到的真實人生，我正體會著。或許多年後我會用更加正確的詞彙去形容也說不定，能更清楚去定義關於我自己、還有那些曾存在於我生命的生物蹤跡。

過去靜止的身影，只能在原地凝視，成為一團黑雲飄移遠去。每一次我都在想，遲早我的一切存在也會成為那遙遠的黑點吧。

入夜的塔可城一片祥和，或者說是被迫的祥和。每晚實施的宵禁正是為了壓榨這些平民最大化的政策，除了運送虎的供奉品能不被限制外。伊立凡讓相關單位以趕工不及的名義在晚上十點後才運送第一批的物資。由於是重要且新鮮的糧食，虎便同意了。

伊立凡這隻猛獁象具有相當的政商地位，原本是商人的他不滿足現有的財富及權力，為了正大光明地支配，不斷地把觸角伸向政治。然而虎的存在讓他備受打壓，無法持續向前。大膽如他便開始傾聽並招募各地的勢力，縱使他的出發點較為醜陋，但作為革命背後重要的資金來源，還是讓那些憤慨的動物決定加入他的麾下，也才能在距離虎這麼近的塔可城透過金錢壓下所有可能走漏的消息，讓革命能如火如荼地運作。

薩卡也是看上他的野心才一起協助革命，他向我介紹著。

「所以在『森林』的猛瑪象沒滅絕的原因正是因為其龐大的野心嗎？」我說。

「是嗎？在你的世界猛瑪象滅絕了嗎？真有意思。」薩卡坦露出科學家趣味濃厚的表情。

馬車緩慢移動著，平穩地晃動著我的心。總共多達五十輛的馬車在深夜一片死寂的「森林」中運送著物資，虎的貪欲可見一斑。

「正因為自己的貪欲才可能自我毀滅呢。」宇莎琦說。

我、宇莎琦、薩卡和幾名革命軍士兵在同輛馬車裡，我們受到最高規格的待遇。這輛車是排在約中間位置，幾名士兵的義務正是保護我們不受傷害，我們在此次行動可說是被保護得很徹底。

「等到前面開始有騷動時，這輛車後面的士兵們也會在瞬間一湧而上，而我會趁混亂中載你們兩位往領域裡突進。」薩卡解釋著此次行動的目標。「寅的領域共兩道大門。第一道在物資送達之際會打開，我們也能輕鬆突破。但問題在於裡面的第二道門，沒有內部的支援深鎖的大門是不會拉起的。」

「所以我們飛進去痛扁大門管理員然後再打開門？」宇莎琦說。
「簡單來說正是這樣。」薩卡應道。
「希望能這麼簡單。」我說。
「我也希望。我再重申一次，這次的行動是相當危險的，如果失敗了，在現場的你們都不會有好下場的。」薩卡說。
「若我們沒有參與而最後失敗了，我一定會很懊悔的。」我說。
「希望你不要扯大家後腿就好了。」宇莎琦說。
時間在深遠的空間裡被豢養著，有一絲沒一絲的分裂。突然馬車以相當差勁的方式急停了下來，導致我撞向薩卡強壯的身體上（滿布羽毛的胸肌上）。應該開始了，計謀如墨水輕點在水面暈開，悄悄綻放出不斷擴大的墨花。
薩卡擺出要我們稍安勿躁的手勢，周圍還沒有動靜，可能最前方的帶頭者正交涉著。各方反抗勢力都投注了相當強盛的兵力在這次計畫中，甚至伊立凡都親自在後方馬車待命，他說要成為新世界的領袖，倘若自己在戰場上缺席，一切就白費了，所以賭上了小命也不能放過這次機會。權力的魅力真是令人驚艷。
突然的騷動打亂了我的沉思，革命軍士兵相當緊張地向外探頭確認。
「糟糕！看來對方也提防著我們，派出『將軍』站哨！」士兵說。
「事情不簡單了，外頭狀況是？」薩卡說。
「大家都趕赴到前線去和將軍作戰了。薩卡先生，你們是突破第二道門的唯一希望了。」革命軍的士兵說。仔細凝視著，我發現他是波斯貓，而且毛挺蓬鬆、挺漂亮的。

我就知道，薩卡大喊著。

我們拉開窗簾後趕緊下了馬車，前方一片烽火烈燒著。薩卡展開了翅膀讓我和宇莎琦乘上。

「你們兩個抓好，這次要抓得很緊。」薩卡說完後便帶著我們翱翔於星夜。以地面呈九十度、往上用噴射機般的高速飛上雲端，當然沒有到實際噴射機的速度，但老鷹展翅劃破天空的疾速，快到風都撐開了我嘴裡的縫隙，相當不舒服的飛行。

「撐著點，要直線下墜了。」

在我尚未意識到這句話的意義前，眼前視野已變成一陣模糊，五官像短暫失靈似的。

等到我能再次以眼確認時，我們已經越過了第一道門，進入了寅的領域。領域內插遍著邀功的戰旗，每一支旗的顏色都相當鮮豔，五顏六色下唯一相同的是旗上的標誌——虎兇猛的臉。

第一道門後是環繞著領域的圓環型草原，其中也有一些設施，或許是士兵們的宿舍。夜半驚醒的士兵們伴隨著一張張尚未清醒的臉龐，提著武器四處張望，看起來還沒注意到夜空中飛行的老鷹——薩卡的存在。而第一道門雖未全開，但也在半開狀態下燃燒了起來，被突破是遲早的事。

領域內偌大的城堡被兩層城牆包圍住，沒意外的話寅就在最裡頭，事情發生至今不到五分鐘，所以領域內的警覺度是隨著距離前線的遠近而有所差異。抓住這一點，使得薩卡很輕易地便闖入高塔的看哨點，並迅速擊暈看守員，取得了領域地圖，他比對著事前透過革命勢力的間諜取得的地圖。

「看來沒問題。」薩卡說。

「真謹慎。」我說。

仔細察看第二道大門，就能注意到門上方有兩道小窗戶，那是控制整個門開關的操作室。

「根據情報，那窗戶是強化過的，一般武器沒辦法打破。所以只能侵入門上的天臺，再透過階梯直達操作室。」

「這一步驟會花上不少時間對吧？」宇莎琦問。

「是啊，而且就算打開門了，也必須等大家都會合才能一鼓作氣進攻虎的宮殿。」薩卡說。

「不，我打算自己去見寅。」我語氣堅定地說。

「你瘋了嗎？他就算很膽小也是血氣逼人的瘋子。連強大的里翁大人都曾敗在他手上過。就憑你一個人類是做不了什麼的。」

「我具備著能力。」我說，但其實我有點心虛。

「你說那根本不穩定的力量嗎？」薩卡也不甘示弱地強硬回應。

我頓時語塞。

「我其實早就看出來你能力的掌握度了。還不熟悉對吧？我一開始就說了我希望你是作為象徵的存在。讓你跟著我作戰也是為了讓革命之火能更加旺盛。一切都是被規劃好的。即使這樣你還是想獨自去面對那盤踞在『森林』的惡意嗎？」

「喂，先別吵。天台上開始有士兵聚集了。」宇莎琦喊著。

「先處理眼前的事情吧，薩卡。」我說。

「還需要你說嗎？」

原本盤旋在門附近的薩卡，突然驟然地一百八十度轉向並衝向天臺，剛毅的翅膀化作銳利的武器掃飛了不少寅的士兵，一陣騷動中傳來不少呼喊及通報的聲音。薩卡著地後，舉起他的斧槍，槍上的銀斧發出一點黑色的光芒並釋放出磁力，將所有敵方的武器都吸附上去，包含那些通訊器。

沒多久，這些士兵就都被撂倒了。不愧是將軍。

「我認為讓我單獨見寅是有意義的。」我說。

「你還是不放棄嗎？意義在哪？」薩卡邊走向往下的階梯邊說，我們也跟了過去。

「他內心的深處一定是懼怕我的吧？他處心積慮地設計一連串複雜的陰謀，不就是為了提防我嗎？」

「你的意思是虎很在意你嗎？還是你認為叛徒的目的是監視你？你會不會太過妄自尊大了？」

「我並沒有那麼想啊，薩卡。我只是說出了我認為的事實。從入口森林的死去開始一直到阿法森林裡頭的人造『地獄』，不，或許更早之前我們就步入了陷阱裡頭了。」

薩卡眼神有點飄移，似乎開始動搖了。

「他的畏懼正影響著關於『森林』，也關於我們所遭遇到的每一件事。我有這種感覺。」我說。

「我想這傢伙的直覺是不差的。」宇莎琦說。

是，我也這麼覺得。迷失之後，我對於直覺的推敲和情感的拿捏也更加敏銳和巧妙了。感覺我好像能潛進動物心裡頭陰沉的世界，看見他們心湖的城市，只差在程度深淺而已。

劍與盾兩者的摩擦及交融，僅有一瞬，我想情感也是。

「森林」長年的歷史中想必也是愛與干戈的拉扯，且密不可分。如果執著一時的疼痛，反而會沒辦法前進；這世上應該沒有輕易穿梭於傷痛的方法，問題只在於，能否克服最底層的畏懼及傷痛？

第二道門終於也打開了。寅並沒有大意，還是安排了將軍駐守於第一道門，然而在第二道門的守衛安排上卻單薄了些。也許他沒計算到薩卡優異的移動力及滯空所造成的巨大傷害，也或許他十分相信自己手下的能力。總之疏忽就是疏忽了，再多的解釋都阻止不了事情的發生。

馬車裡大量的反抗烈士從領域的四面八方突入，原本就只剩零散留守的士兵自然也抵擋不過這波攻勢紛紛投降。寅的將軍那邊的情況我不知道，我想也不重要了。

此時的我已經在寅的眼前了。

簡直是中古世紀王宮翻版的建築裡，虎王——寅就坐在盡頭的王位上，他頭頂戴著有點像派對裝扮般滑稽的純金製皇冠。一片黑暗中僅有幾隻點燃的蠟燭，就像某種邪教儀式似的。

薩卡在打開第二道門後載著我們直奔寅所在——名為「虎城」的要塞，但先前的騷動已經讓敵軍注意到薩卡的行蹤了，稍不留意，薩卡遭受到砲彈的攻擊，右腹及右翼都受傷了。情急下，我們緊急迫降在要塞的空中花園，幸好那附近沒任何敵人，說來奇怪，明明王近在眼前，附近卻沒有任何護衛的身影。

「不行，傷有點重，我太大意了。說了那麼多了不起的話，結果這麼快就栽了。」薩卡忍著痛說道，表情相當猙獰。

「我幫你簡單包紮吧。」宇莎琦拿出背包裡的繃帶及藥水毫不慌亂地進行緊急包紮的處理。

「喂，人類，不是很想自己去面對嗎？就是現在了吧？去直面『森林』的惡意還有盡頭吧。」薩卡喘息著說。

我真的一句話也說不出口。除了前所未有的滾燙緊張感湧上心頭外，也覺得再說任何一句話，我可能會像洩了氣的氣球般，魄力及勇氣都會流失掉。我點頭表示認同，便獨自走上沉重的階梯。

前方就是虎的王宮了，非常浮誇的建築設計。

「小心點。」宇莎琦說。

我輕輕點了頭。

****

「我無數次的夢到你那未知的臉孔，不斷侵襲我的春秋大夢。」寅開口。王宮裡沒有任何其他動物，連貼身護衛都沒有。

「那是預知夢吧？」我說。

「可能吧，我一定會死，這是沒辦法的。我被這卑劣的夢魘纏上的那一天，便感受到我無限壽命的終結，我想里翁也是吧，所以他才毫不抵抗地死去。命運在向我們招手，等著我們去償還不死的罪孽。」他用力地拍起寶座上的扶手大喊著：

「但我想這應該不是既膚淺又天真的念頭吧？永遠的人生難道就不得存在嗎？我想，就算我死了，也有人類的力量能讓我復活，就算只是以幽靈的身分，我也要親眼目睹著我的王朝並繼續統治著『森林』，這是天命對吧？人類。」

寅正在狼狽掙扎著。他沒辦法克服自己的弱點及痛處、沒辦法輕鬆地潛進水裡。他的心中沒有城市、沒有隧道。他無法將吞下的錯誤吐出、沒辦法從城市裡被解放，同時他的心中也不存在能雙向通行的通道。我和他是完全相反同時也相同的存在。

「然而，」他的聲音突然轉略低沉。「奎爾那傢伙竟然做不到……他說我只會變成失去意識的魂體。我告訴他你必須做到，花多久都沒關係。我賜予了他和我一起完成春秋大夢的權利，這很理想吧？結果呢，嘿，他逃跑了。我實在沒辦法接受這樣的結果，便下令所有士兵去把他找出來碎屍萬段，區區人類憑什麼違抗我？」

寅像是要吐乾體內所有血液似地滔滔不絕地抱怨，歇斯底里的模樣令他身上的虎紋好像淡到都要潛入身體消失了。他緊抓著手把發出銳利的爪子聲，刻出了幾道深深的爪痕。

原來這就是為什麼虎城還有阿法森林裡頭的敵人比想像中少的原因，都被寅的私欲給支開了，如今他自食惡果。

「你的心中還看得到星星嗎？」寅問。

我一時愣住。
「看你的表情就像在說我怎麼知道呢。」他笑著，卑劣的笑。「我夢到的。那個擾人的面孔總是在看過自己的星星後又來看透我的心，彷彿也要奪走我的什麼似的。這也算預知夢嗎？」
不知道，我吐了口氣。
「一旦你出現，天空就會突然變黑，開了好幾個洞。你會捲起海嘯還有地震，你讓『森林』被意識之流吞沒，在我們的眼中你才是那個兇狠的惡魔。」
「你就怕我怕成這樣嗎？」
「我才不怕你。不對，確實怕。我的刀，也就是讓里翁那傢伙說不了話的詛咒之刀也在某天自毀，是你所造成的。我怕你攪亂我的王國、破碎了我的王朝。我知道你不是什麼善類，起碼在『森林』不是。」
我確實不算什麼善類，但我想我的視野寬敞多了，至少理智多了。
「我們應該很像。某方面來說。」雖然很不願承認，但這是我理解到的事實。
「噢？說來聽聽。」寅以一副不屑的眼神看著我。
「都是受『森林』所害之下的產物。我因為迷失出現在這裡，你因為長生不老而變得貪得無厭。」
寅仍歪著頭凝視著我，就像凝視獵物般地有餘裕。
「你是不是搞錯了什麼？」
「什麼？」

「並不是因為『森林』你才迷失，而是你自己選擇了迷失才對吧？我接觸的人類比你接觸過的多，所以我很清楚。沒什麼人類想離開『森林』就是最好的佐證。」寅站起來緩緩地走向我這來，然而我的意識都專注在他的話語上。

「大家都愉悅地享受在這裡的一切。為什麼呢？我想是因為你們都是被你們的世界給淘汰掉的失敗品。只不過是幸運的失敗品，能夠來這裡享受著從未享受過的勝利的快感，不是嗎？」

我彷彿能感受到幾千根針要刺穿我的心臟、全身上下都像被荊棘纏住的不順暢感。那種令人喘不過氣的高山低氣壓，正化作言語從寅滿布尖牙的咧嘴中吐出。他說的究竟是不是事實？眼前的視線變得些許模糊，再這樣下去可能會有危險，對方確確實實停頓住我的思考。

「怎麼？我說中了是嗎？」寅大聲嘶吼著。

在我意識到之前，他隨手一揮的爪子早已貼近到我腹部，我重重倒地。

那一瞬間，我什麼都沒感覺到，貼心的神經在過了幾秒後才讓痛楚浮上意識。胸口一片灼熱，伴隨著刺刺麻麻的酸澀感。我反射性地用手壓住胸部試圖緩和血液持續滲出，只不過傷口比我想像得還要疼痛，光是應付那反胃的不適感及後續不斷湧上來的灼熱就分身乏術了。現階段的我只能顏面扭曲倒在地上任寅宰割。

這下不妙，我竟然那麼輕易地被他的言語迷惑，這不像我，不，或許這才是我。喉嚨一陣乾渴，血味在我口腔內竄流，嘴角有什麼液體滑出，如戲劇一般，我華麗地吐血了。

「所以我說你們人類就只能在地上狼狽地看著我們的存在嘛。為什麼總是喜歡受傷後才後悔呢？短短的一生總在後悔可不行吧，萬一死了就什麼都沒了。」

寅和我的距離在我的視線來看變得遙遠，眼角一隅浮起淡淡的墨黑。

「我為懼怕你能力的我感到羞恥，原來你什麼都做不到啊。」寅輕嘆了口氣。

身體的負重又增加了，寅的腳踩踏在我身上。瞬間的痛楚透過神經的傳遞在體內擴散開來，我開始覺得渾身麻痺，並有點喪失了知覺。正如薩卡所說，我根本是去送死，但我內心不願承認自己的軟弱。

我陷入昏沉的水流裡，或許我沒那麼軟弱，但水底下的我無力掙扎並向下沉落，持續墜往無盡的黑暗深淵。總覺得黑暗不斷期盼著我的到來，張開雙手擁抱我。然而，我無法就這麼投入漆黑，很多人的話語不斷地振奮著我，讓我不願沉淪：拉爾、妮可、托奇、雷恩、宇莎琦、小璐、卡帕爾、薩卡甚至惡魔，每一張嘴都滔滔說著許多我無法理解的字句。他們說出來的話被具現化，像從嘴角冒出的泡沫。陽光直射在水面上，而我在底下看向淺藍卻又帶點綠色的模糊水面，光不斷漂移，隨著那些字而有所波動。當水面泛起漣漪時，我的視野也跟著忙亂起來。終究我會離那明亮的變化越來越遠，好像刺激感官的龐克搖滾樂漸漸淡出我的青春一樣，獨留主唱透過麥克風傳出的孤寂嗓音，而我什麼也沒留下，離那團明亮越來越遠。

「才不是。」我喘著氣說。

正要走回王位的寅回過頭來看向我：

「什麼？」聲音還有點破音。

「我所做的並非白費力氣，我自己最清楚。軟弱的不是我的身體或能力，而是這裡。」說出口的每一個字都是那麼吃力，像是要掏空我所有的內臟似的疼痛。我的手仍壓著胸口止血。我指的是心。迷失、能力都是心的缺損所導致的。我隱隱約約察覺到了某件事。

「我們，迷失的人類打從一開始，」

就是被「森林」創造出來的錯誤也說不定。

疼痛感讓我沒辦法把話說完，只能讓虛幻的言語飄浮在腦海裡。時間之流像沖刷泥沙似地把我一塊塊沖走。我看向遠方引導我的星光，在湍流中、在水裡頭、在鋪滿石磚見血的地板、在烏托邦的夜晚下的篝火旁、在人造「地獄」的祭壇裡、在混亂的馬車內、在神廟一望無際的走廊上、在那瓶淨空的威士忌瓶裡、在夜晚充滿猛獸低吼聲的森林中、在貧民窟、在我醒來的那片河川上睜開眼所看見的熊的眼珠子，以及在我心湖反面的城市裡。

串連我的星星，在光輝裡又是扮演著什麼樣的角色呢？捲起風暴的中心內，是否打從一開始就沒有任何人存在呢？那身影會不會只是光投射出的我的影子，作為影子的他永遠都看不到真實面？

星星已經不在我胸口了，它在我目光所在。散發出熠熠生輝的光亮，而我在那光裡面遇見了雷恩。

我不可置信地看向他。他溫柔地看向我。

「嘿，抱歉。就這麼一走了之離開烏托邦，沒留下什麼訊息。」他率先開口。

「不，沒有，你留下了很了不起的資訊了。」我慌張地說。為什麼要那麼慌張呢？

我們間被一陣沉默填滿。到底為什麼要像和前女友說話似地尷尬，明明對方只是個半百的老頭子。
「關於你傳達的盡頭的事。」我說。「只有被『森林』拒於門外才有辦法去盡頭對吧。」
「我曾經認為，死是一種方法。死亡才能逃離迷失。我也認為比爾正是透過死亡來觸摸到盡頭的邊緣。但那是在理論之上，跨越了死亡的恐懼才能觸摸到的禁忌般的理論。」
「其實我也這麼認為，但又覺得不太實際。」
「事實上也是。我說過吧，逃離的方法每人都不同，並不是單向隧道。死亡不是唯一的辦法，而是其中一種方法。雙向的。」
雙向的隧道，我在心裡默念著。
「我認為那個線索可以給你一點提示。雖然我不認為你能理解到。」雷恩說。
「我確實還搞不太懂。我還正嘗試摸索那線索。」
「或許吧。我想傳達給你的是關於比爾的事。大家都認為比爾是動物對吧？」雷恩想了一下之後說：「其實他是人類。」
「而他逃離了迷失後卻又『反迷失』回來『森林』？」
「正確來說是回到『森林』的盡頭。但在文獻紀錄裡頭關於他是人類的這部分的資料被去除掉了。」
「為什麼呢？連活在那年代的托奇都不知道這件事。」
「那是因為恐懼。想必里翁與寅都不知道吧。有股惡意在隱瞞著這些事情。總有一天要有誰去揭發那股惡意，不得不這麼做，只是不是現在。因為我們光守護著手上所擁有的就那麼艱難了。」

「確實。」我的聲音比自己所想像的還要鬱悶。

「里翁所掌握到的我的把柄正是關於逃離的方法。與其說被他牽制不如說是我自願讓他牽制吧。」雷恩笑著說。「愛，割斷那纏綿的愛，正是我逃離的方法。沒有任何動物或人類告訴我，我自己領悟的。有一天那個答案擅自跑進我心裡這樣告訴我。但對於失去了自己記憶的空殼般的我，那份愛卻是如此珍貴，是沒辦法割捨的。」

「就像那褪去的顏料？」

「就像那褪去的顏料。」

「好極了。」我說。「這樣也不錯吧？」

「雖然身體沒有停止年老，我的心靈還是當年那個我是不會錯的。在『森林』，我們始終是最初的自己。但我想，極限也許到了。」

我看著雷恩的眼睛，裡頭沒有任何風雨，靜謐而溫暖。

「你已經讓動物們知道了，在這裡沒有所謂的永遠。光陰如此短暫而美好。」他說。

「我什麼都沒做。」

「你卻也什麼都做了。」

「三十年的光陰是怎麼樣的感覺？」

雷恩睜大雙眼看著我卻又吐露不出什麼字。「就像電瓶耗盡一樣。」

「電瓶。」我說。

「身體跟思考應是同步的，但我的身體卻正逐漸拉開和思考的距離，這是我已經難以招架的了。」

「那烏托邦怎麼辦？」

「唯有這個，」他舉起手比出「唯一」的手勢。「唯有烏托邦會永遠存在，我的顏料也是。」

我噗滋地笑了出來說：

「為什麼唯獨你的能力是永遠的？」

「很簡單啊，意識上的永恆正是創造的優點。證明我曾存在的完美畫作，大概是這個概念吧？」

「以某種方式遺留下來的產物嗎？」我問。

「算吧，即使過了千萬年，在那深遠的記憶裡頭的一隅，我們仍歡愉地圍繞在營火旁喝著酒。」

「那真不錯。」然而嘴角上揚不起來。

光一絲一絲地分散、崩解開來，化作飄渺光線中飄浮的塵粒遮蓋住模糊的視線，我眼角的餘光撇到一抹微笑。

我想，以某種程度上是成功了。我們贏了。

原本流出不少滾燙血液的胸口又發出更強烈的灼熱感。光，是星星的光，從我糊成一團的胸部傷口中綻放出刺眼的光輝，那道純粹又能穿破岩層般的光線，閃耀整座王宮。

寅痛苦地用兩手遮住雙眼跪地，不時發出慘絕的呻吟聲。我的光只閃耀一次，我猜那可能是星星最後一次的燃燒，或許我在等待星星死去後的大爆炸，我想再看一次意識上的星雲。

只有一瞬間，在光閃爍及消失的一瞬間，我後方傳來急促的腳步聲，歐尼爾跨過我、奔向寅的前方，他把握住寅一瞬間的大意，長槍毫不猶豫地刺穿他的心臟。噴濺出來的血液淋灑在歐尼爾的臉及我的衣服上。溫熱的血液。

「你……」寅甚至連一聲哭喊都發不出，體內的長槍就被歐尼爾拔出、然後再一次刺向他。

寅死了。

「森林」的暴戾之王——虎死了。結束了差一步就邁向虛偽永恆的王朝。歐尼爾虛脫地跪了下來，無法停止他的喘氣。

「這樣算是斬斷了錯誤的連鎖嗎？」歐尼爾和我訴說著，雖然我不是很確定他是不是對著我說。

我昏迷了一段時間。當我醒來時，宇莎琦正溫柔地在我胸口倒上清水，再將一罐罐的藥水倒在傷口上。

「太多了。」我用盡力氣擠出這句話。

「結束了。」她泫然欲泣地說，濁淚一併混進我的肌膚裡頭。

這樣算結束嗎？不知道的事情又多出了一件。

總之，我已經感受不到星星了。有點寂寞的感覺。最後連一句話都說不到。或許我們融合在一起了。感覺星星透過那璀璨的最後光輝傳達給我：「嘿，我們都融合了，是要說什麼話呢？」的低語。

我輕輕閉上雙眼，傾聽著四周的聲音。如果和雷恩的那段對話是真切存在的，那接下來的我該做什麼呢？雷恩真正要傳遞給我的事情早就超越言語了吧，那是更高程度上的深奧含義，我只怕我沒能領悟到。

「森林」曾用不切實際的方式讓我與能以感官清楚辨識的他們相遇，彼此間也有了緊密的聯繫。我好奇著這條牽繫能延續到多遠的地方，但這不是我能掌控的。同時，我也殷切盼望有朝一日有人能去粉碎那股惡意。

和煦的日光緩和地撫摸著大地，像對待伴侶那樣。本來混亂的季節也逐一回歸原位，各地冬季的白雪漸漸消融。

枝頭間沾滿了清晨的露水，一滴一滴地滴落在軟爛的泥土上。經歷了漫長的時間，原本荒蕪的土地也逐漸感受到新芽的蠢動。

曾熱鬧喧囂的獅子與虎的領域，如今雜草叢生，彷彿片刻的死亡從此存在於永恆之中，廢棄的破爛雕像帶不走跳躍的靈魂，終究被掩埋在大自然的嘆息中。塔可城像是要遠離那股死亡氣息般，遷移到「森林」的核心點，作為新的首都兼貿易中心，伊立凡則以新首都市長的身分帶領著嶄新的世界。

「我不打算像可笑的王那樣戀棧權位，我只想讓這失落的千百年能慢慢彌補回來。」他在上任時這麼說，同時也鼓舞了那些失去一切的動物們。

「但他的存在不就是權力的本身？」之類的相關質疑也浮上水面。但有光就有影，這沒什麼。只不過失去的不是多麼具體的東西，而是心，還有心湖反面的那座城市，而且那是無論如何都彌補不回來的。

關於薩卡，薩卡在戰役結束後反而對所謂的象徵感到厭倦。即使他在這次戰役有立下汗馬之勞，他仍拒絕了伊立凡政府的邀請。

「我想象徵性的東西就留在古代就好了。我也算是古代的產物。」他曬著皎潔的月光。「我會繼續去追尋能讓我想用雙眼去注視、去守護的事物，縱使那美好已經黯淡了。畢竟我不是那麼理想的象徵啊。」說完他便揮動起翅膀翱翔於夜空中，彷彿即將直挺挺地飛到月球，最後的身影消失在盡頭。

幾根咖啡色的羽毛緩緩掉落。真心話總是脆弱而珍貴，我想薩卡努力地想讓自己更貼近真實一點吧。

關於水晶，很遺憾，最後一座水晶正是烏托邦裡被我的星星給吞噬的那座，於是「森林」便不再存在水晶了。動物無法進行神聖的沐浴。不過因為刺青都失去效力、虎都獅子都垮台了，沐浴的意義也就不存在，我想也沒動物在乎了。只是我再也無法欣賞到那莊嚴的清澈及透明。

關於歐尼爾，歐尼爾在殺死寅之後只說：「我只是來向雷恩道歉的。」說完就消失無蹤，他的父親——迷失的人類「奎爾」，行蹤也早已不得而知。沾滿血色的長槍就這樣孤零零地插在寅的身體，融成一體。

後來聽說，其實就是寅滅了那個村子，並殺死歐尼爾的母親，目的是什麼不得而知，或許只是想嫁禍給獅子陣營，增加仇恨而已。我想歐尼爾接下來要面對的應該是那複雜的悔恨情感及自我認知。我很想幫助他，但之後卻再也沒聽說過他們了。

關於艾塔，我在約兩年前又再度遇見她，大概是和寅之戰役的一年後吧。當時我正在神廟遺跑附近想找尋一點關於「盡頭」研究的事。

「我已經解除我的能力了，大抵上我單方面的解除就足夠讓那些失能的動物慢慢恢復，滿足了嗎？」她高傲地說。

「倒也沒什麼滿足不滿足。」我說。

「你打算離開這裡嗎？」

「遲早的吧，只是現在有些事情想調查清楚。」

「你說謊的樣子真可愛。」她嘲諷著。

「妳呢？妳打算怎麼辦？」我問艾塔。

「我遲早會離開的，起碼我現在具備這樣的決心，不過我和你一樣，也想再多看一眼這裡。」

「我們彼此彼此，都說謊成性。」我說。

之後也就沒了艾塔的消息，也許她離開「森林」了。

「森林」除了詛咒消失之外，其餘都毫無改變，仍是弱肉強食的世界。苟延殘喘地生存著的動物們也不曾變過，因為打從最開始活著便是一件辛苦的事。至少「森林」的空氣是如此清新，大大地吸入一口，便覺得一切都從頭來過也無所謂的感覺。

笑不出來也沒關係，至少先從自己能做的事開始做起吧。

最後是關於「盡頭」，我不會去追求「盡頭」。即使有一點頭緒，我還是決定別接觸了。
「就讓別人去處理吧。」我如此想著。

****

凜冽的風拂過我的臉，這季節山上的氣溫仍如此酷寒，我可能選錯時間來了。地上遍布蓊鬱的白色落葉，我很懷念這特別的、純白的樹。腳上穿著自己好不容易編織出的運動鞋，每踏出一步便發出噗滋噗滋的葉子破碎聲，走久了，有種把大自然當自己家的舒適感，這樣一想好像有點病態。我套上破爛的紅色披風將帽子蓋上。身上四處都是補丁的牛仔褲和五顏六色的落葉意外地相稱。

倘若我終將忘掉所有記憶，那麼隨心所欲地活下去也挺愜意的，但我始終忘不了。我以前認為的遺忘，只不過是自以為是的誤會而已，繞了一大圈才發現，盤踞在心裡的回憶是怎麼樣都無法被消去的。如今我對於自己是如何迷失的這件事，不再有興趣、也不願追根究底了。因為對我來說已經不再重要。

我挑了一棵看起來滿粗壯的樹倚靠，不自覺的想起很多事。迷失前及迷失後的，有趣及悲傷的，像跑馬燈似地轉了一輪。

風用力吹起了四散的落葉，有幾片直接打在我臉上。不慎舔到一片，意外的甜。我習慣性閉上雙眼，聽著風聲在空氣中微小的轉折及節奏。明明身在「森林」，腦海卻浮現北國的冬天，被在層層大雪中年幼的我發出虛弱的呼救聲，還有凍氣逼人的低溫。

怎麼只有這種痛苦的回憶呢？我又再次搜尋起稍微甜美的北國回憶。

「艾塔那女人總是多管閒事。」一個粗厚的聲音打斷了我。

「是啊，而且還很令人摸不透。」我以不慌亂的口氣回應。

「她本來就是怪人。」

「俗話說物以類聚嗎？」

我和他沒有面對面，我倚靠著樹的這側，他倚靠另一面，我們間隔著粗壯純白的樹。

我想著盡可能地用著柔和卻又帶點無奈地口吻說：

「對吧？拉爾。」

「你們都是人類吧，人類都這麼古怪，不是嗎？」拉爾說。

「難怪你和妮可很像。」

「我輸了，我不承認。」我想他是笑著說的。

「她怎麼樣了？」

「放心吧，她好好地活在某個地方呢。她至始至終都是真正的獅子陣營。畢竟她不擅長說謊。」

長時間維持同一姿勢我有點疲憊便稍微調整了一下。

「現在回想你曾說過的話便覺得很諷刺。」

「我忘了。早忘了。」

「里翁是自殺的吧。」我說。

拉爾輕嘆了口氣。

「是啊，他嚮往著『盡頭』。他的思想已經超越了這個世界，我們再怎麼拚命都追趕不到。」

我沉默了半晌後說：

「你們的那個朋友，恢復了嗎？」

「誰？」拉爾疑惑著問。

「在貧民窟時說的失能的朋友。」

「你的記憶真好呢，過了這麼久。」

「在『森林』聽到這種話格外地高興呢。」

「哼，少來。」寒冷的天氣讓拉爾擤著鼻涕。「他已經死了。被寅殺了。」

「是嗎？我很抱歉。」

「他叫巴可士，和我同歲。是我和妮可小時候的玩伴。我之前說過『森林』的動物到某個歲數時要決定政治傾向對吧？就是十八歲，我們在十七歲的最後一天誤闖了寅的領域而被囚禁起來，期間長達半年，但後來寅什麼都沒說地把我們放了。在那之後我們就沒辦法刺青了——正確地說，即使刺青了也不會被詛咒限制，而里翁一眼就看出來了。我們向他解釋後，他希望我們去擔任間諜一角，他說我們是最適合的。

我起初拒絕，因為我覺得這太不對勁和危險。感覺就像回歸恐怖魔爪。但巴可士渴望成為獅子陣營的要角，他想完成里翁親自賦予的任務。

百般無奈之下，我們還是一起去了寅的領域。在我們持續洩露虎陣營的情報　里翁和雷恩成功戰勝了寅，而虎陣營也死了諸多將士。但我們的行動仍不幸暴露了，而且原因竟是巴可士愛上了領域裡的某隻動物，並不小心透露了我們的身分，那是在我們三十歲的事吧。

我不怪他，我認為這也是我要承擔的命運。寅假好心地給了我們一個機會，要我以虎陣營的反間諜為他奉獻，只要奪回王位，就釋放作為人質被關在要塞地牢裡的巴可士。我回到神廟向里翁謊稱我們已經被懷疑了，所以巴可士讓我先離開。不過我不知道有沒有成功騙過他的眼睛。

雖說是反間諜，我其實也沒做什麼——沒為虎、也沒為獅子，我像是避開兩者交互出的圓形區域，在之外的灰色地帶苟延殘喘。寅在戰場上多次告捷，取得了奎爾的信任，並運用人類的能力奪下王位。

但即使贏了戰爭，寅卻不願意釋放巴可士，他說我沒有什麼貢獻，我只好假裝努力地苟且偷生。而後擁有失能的艾塔力量被他掌握，導致連續兩位迷失人類的力量都在他麾下，因此他也成功完成首次衛冕。

原來，他打從一開始就不打算放過巴可士，也打算繼續讓我煎熬。七年前，寅公開對巴可士處刑，奪走他的靈魂作為對獅子陣營的警告，他私底下告訴我，若希望巴可士恢復，就得將關於里翁還有神廟的所有事告訴他。我知道這次不能再躲避了，只能面對。

雖然抱歉，但我也確實讓里翁他們的行蹤暴露給寅，自始至終他都是個不可信任的男人，他用美人計對付巴可士，在栽跟頭的那刻起一切就已經完了。」

「五年前，也就是我迷失那年、兩年前的幽靈。」我說。

「是啊，那正是以他的靈魂來驅使的。當我發現時我哭了整整三天。我想妮可或多或少的察覺到我所隱藏的事了。我痛恨著失能但我不恨艾塔，也恨不了她。」

「你至始至終……都不是誰的間諜吧？」

「巴可士為了獅子做了這麼多，最後什麼都沒得到，所以我決定只為我自己奉命。里翁確實是有實力的王，也擁有著我所佩服的眼光。但不論獅子還是虎，終究只是為了自己的利益而傷害『森林』的獨裁者罷了。我獨自吞下了那股無可言喻的痛苦，不斷算計怎麼做才能為巴可士報仇。沒有正義、沒有邪惡、沒有正確也沒有錯誤。我不願去談論道德及倫理，那沒有意義。在這個醜陋又粗暴的世界談論這些，只不過是偽君子，讓我反胃得要命。我操弄著兩邊的情報，讓一切都處於混亂之中，也或許我才是『森林』真正的亂源。」

「所以當一切都結束的那天開始你就躲在深山了嗎？」

「艾塔不是在那之前就給你地圖了嗎？早在更早前我就躲起來了。我已經預料事態會怎麼發展了。」

「你煽動了很多事。」

「對，艾塔也是被我煽動而背叛的。還有奎爾。但最重要的還是歐尼爾的憤怒，他是關鍵的棋子。另外我讓訊息走漏也是為了讓你們注意到人造『地獄』的惡魔，他是以前迷失人類剩餘的『力量』殘骸，他擁有果斷的意志及判斷，總是能說出具有突破性的話語，不是嗎？」

是沒錯，我說。

我們間的沉默又再臨。幾分鐘後拉爾又開口說：

「只不過你的能力我就沒預料到了，我也不過如此。可是就結果來說還算不錯吧？」

「還行。」我說。

「總之，不管現在的『森林』會變得怎樣我都不在乎了。我已經不打算離開這裡，就這樣到死吧。」

「其實你沒必要這樣對待自己。就像你說的，結果是好的。」

「對你來說是這樣。對我們這些已經失去某些東西的動物來說，已經回不去了。」

是嗎，我問。

是啊，他說。

我又繼續讓沉默搖擺在空氣中。當我想到要問的事情時，拉爾已經離開了，無聲無息地離開。

天空幾時下起了凋零的雪花，我也不清楚，但再這樣下下去恐怕不好離開。

「再見了。」我看向寂寥的深山一角，轉頭下山。

走著走著，我又想起有天在偏遠的某個城鎮遇見了佛洛可。因為我的星光讓他失明，兩眼都是。他戴著漆黑的墨鏡從我身旁經過、呼喚著我時我甚至都沒注意到。

「縱使看不到，仍能感受到你的氣息呢，人類。我永遠都忘不了。」

我什麼都沒說，佛洛可又繼續說：

「如今我什麼都沒了。地位也好、財富也好，甚至雙眼。哼，總之我要從頭找起頭路了。」

他仍抽著菸說，我實在受不了焦油臭。「但你好像什麼都有了。」

「我擁有的東西，我就會緊緊抓著。」我注視墨鏡裡深邃的黑，試想著他是不是其實還看得到，連眼珠子都正骨碌碌地轉動著。「重點是不貪心地活著。」

「可笑。贏家說什麼都對。」

只見他不屑地捻熄菸後逕自離去。

狼他們怎麼樣了之類的問題，我還來不及問。

白雪飄逸，白色樹葉婆娑作響著。耳朵傳來溪水的潺潺聲，表示接近山腳下了。她應該在那附近等著我。沒多久，在約定的溪口邊從右邊數來第二顆樹，樹旁有一顆倒三角形的大石頭，她正坐在上面，無趣地將小碎石丟進水裡。

「久等了。」我說。

「談得怎麼樣了？」宇莎琦說。

「沒什麼，就普通。」

「這什麼爛對話？」

再度的無情發言。

「雪可能越來越大，我可不想遭遇山難，先下山吧。」我撇過頭看向山頂。

沿路的雪勢果真有漸大的傾向，但我們的步伐沒什麼變化，仍維持著輕鬆、緩慢的速度。

「妳覺得盡頭有什麼？」我說。

「誰知道呢？可能有很奇怪的動物喲。」

「對啊，誰知道呢。」

溪水越來越湍急地沖刷著，水面上漂浮著沾粉的雪花，細看連我的指尖都染上了。

「嘿，你覺得我姊會幸福嗎？」

我沉思約五秒後說：

「一定會的吧？」

「也想太久。」

「畢竟是深奧的問題。」

「真希望她能幸福。」

「是啊。」我說。

宇莎琦帶著和悅的笑容看向我。

「怎麼了？一直看。」

「你們的世界是怎樣啊？」

「比『森林』更醜惡吧？有著被破壞的大自然，人們為了欲望蓋起了一棟又一棟的高樓大廈，惡劣的政治抗爭與搶奪，疾病也是四處肆虐著。不過相對的也有許多的人正努力地挽回，還不至於那麼悲觀。還有許多厲害的高科技吧？這部分有好的也有壞的不好說。總之對妳們來說或許有種未來世界似的憧憬吧？不過也可能是負面的憧憬。」

「聽起來滿有意思的吧？我倒覺得沒關係。」

「什麼意思？」

「我也想迷失看看。一次就好。」

「一次就夠了。」我堅定地說。

「是嗎？」宇莎琦歪著頭。

「是啊。」

「當人類也不錯。」宇莎琦露出燦笑。

「妳做出選擇了嗎？」

「我在想要不要當看看一次人類呢？」不再是兔子的宇莎琦對我笑著說。

我想那抹微笑可能是我至今看過最耀眼的。

後記

冬天一過就不怎麼冷了，我很遺憾，因為我很喜歡冬天。過了這個時節，和煦的日光便會照耀在春天的大地上，雖然臺灣不會有凍雪融化如此具詩意的場景發生，但就心境來說，並非不可能。

我太不確定自己是否能稱呼自己為「作家」，我認為我只是一位單純陳述故事的講者，或是領航員，帶領著讀者前往「森林」、探索「烏托邦」。透過電腦鍵盤敲敲打打，讓這段旅程穿越了無遠弗屆的網路世界，最終成為洋洋灑灑幾萬字浮現在白紙上。「森林」裡的思想是否等同於我這個敘事者的思想有待商榷，但不可否認，這些情感曾確確實實駐足過我的腦海，不論是什麼情況，我還是很高興能吐露出這些像是「我市」般的殘骸，所有新的、舊的、搞不清楚的思維。「烏托邦」確實很理想，但總歸是理想，最終是否仍能存在我不知道，至少我們心中的「烏托邦」不會消失，那些來自於四方的惡意也不曾少過，我們所生活的世界，或許就是「森林」的另一種樣貌，我想這是我最想表達的。

最後，不免俗地先感謝大家買了這本書，也感謝能讓這本書出版的所有人，以及一直以來支持我的人，我很感恩，也很知足。我還是想說一下，我很喜歡冬天，畢竟能在冷冽的寒冬啜飲咖啡是我的夢想之一，或許我很適合移居北歐。

——二〇二一年二月，於某個不怎麼寒冷、也看不到什麼星星的夜晚寫下

釀奇幻54　PG2519

星之森

作　　者　Eckes
責任編輯　許乃文
圖文排版　黃莉珊
封面設計　劉肇昇

出版策劃　釀出版
製作發行　秀威資訊科技股份有限公司
114 台北市內湖區瑞光路76巷65號1樓
電話：+886-2-2796-3638　傳真：+886-2-2796-1377
服務信箱：service@showwe.com.tw
http://www.showwe.com.tw
郵政劃撥　19563868　戶名：秀威資訊科技股份有限公司
展售門市　國家書店【松江門市】
104 台北市中山區松江路209號1樓
電話：+886-2-2518-0207　傳真：+886-2-2518-0778
網路訂購　秀威網路書店：https://store.showwe.tw
國家網路書店：https://www.govbooks.com.tw
法律顧問　毛國樑　律師
總 經 銷　聯合發行股份有限公司
231新北市新店區寶橋路235巷6弄6號4F
電話：+886-2-2917-8022　傳真：+886-2-2915-6275

出版日期　2021年3月　BOD一版
定　　價　280元

Printed in Taiwan

國家圖書館出版品預行編目

星之森 / Eckes著. -- 一版. -- 臺北市 :
釀出版, 2021.03
面 ;　公分. -- (釀奇幻 ; 54)
BOD版
ISBN 978-986-445-450-1(平裝)

863.57　　110001396

讀者回函卡

感謝您購買本書，為提升服務品質，請填妥以下資料，將讀者回函卡直接寄回或傳真本公司，收到您的寶貴意見後，我們會收藏記錄及檢討，謝謝！如您需要了解本公司最新出版書目、購書優惠或企劃活動，歡迎您上網查詢或下載相關資料：http:// www.showwe.com.tw

您購買的書名：________________________

出生日期：________年________月________日

學歷：□高中（含）以下　□大專　□研究所（含）以上

職業：□製造業　□金融業　□資訊業　□軍警　□傳播業　□自由業
　　　□服務業　□公務員　□教職　□學生　□家管　□其它____

購書地點：□網路書店　□實體書店　□書展　□郵購　□贈閱　□其他

您從何得知本書的消息？

□網路書店　□實體書店　□網路搜尋　□電子報　□書訊　□雜誌
□傳播媒體　□親友推薦　□網站推薦　□部落格　□其他________

您對本書的評價：（請填代號　1.非常滿意　2.滿意　3.尚可　4.再改進）

封面設計____　版面編排____　內容____　文／譯筆____　價格____

讀完書後您覺得：

□很有收穫　□有收穫　□收穫不多　□沒收穫

對我們的建議：________________________

____

____

____

請貼
郵票

11466
台北市內湖區瑞光路 76 巷 65 號 1 樓
秀威資訊科技股份有限公司 收
BOD 數位出版事業部

（請沿線對折寄回，謝謝！）

姓　　名：＿＿＿＿＿＿＿＿　年齡：＿＿＿＿　性別：□女　□男

郵遞區號：□□□□□

地　　址：＿＿＿＿＿＿＿＿＿＿＿＿＿＿＿＿

聯絡電話：(日)＿＿＿＿＿＿＿＿(夜)＿＿＿＿＿＿＿＿

E-mail：＿＿＿＿＿＿＿＿＿＿＿＿＿＿＿＿